BARIANI ORTÊNCIO

*Ilustrações*
Filipe Rocha



# Ingênuo? nem tanto...

Coleção Jabuti Vida

1ª edição

Editora Saraiva

*Editor*: ROGÉRIO CARLOS GASTALDO DE OLIVEIRA
*Assistente editorial e*
*preparação de texto*: KANDY SGARBI SARAIVA
*Auxiliar de serviços editoriais*: ANDREIA PEREIRA
*Suplemento de trabalho*: ROSANE PAMPLONA
*Revisão*: PEDRO CUNHA JR. E LILIAN SIMENICHIN (coords.)
*Gerência de arte*: NAIR DE MEDEIROS BARBOSA
*Supervisão de arte*: VAGNER CASTRO DOS SANTOS
*Projeto gráfico e diagramação*: GISLAINE RIBEIRO
*Capa*: ALEXANDRE RAMPAZO com ilustração de FILIPE ROCHA
*Ilustrações*: FILIPE ROCHA
*Produtor gráfico*: ROGÉRIO STRELCIUC

**Dados Internacionais de Catalogação na Publicação (CIP)**
**(Câmara Brasileira do Livro, SP, Brasil)**

Ortêncio, Bariani
Ingênuo? Nem tanto... — Bariani Ortêncio ; ilustrações de Filipe Rocha. — São Paulo : Saraiva, 2007. — (Coleção Jabuti)

ISBN 978-85-02-06696-0

1. Contos — Literatura infantojuvenil I. Rocha, Filipe. II. Título. III. Série.

07-7492 CDD-028.5

**Índices para catálogo sistemático:**

1. Contos: Literatura infantojuvenil 028.5
2. Contos: Literatura infantil 028.5

Editora Saraiva


SARAIVA Educação S.A.
Avenida das Nações Unidas, 7.221 – Pinheiros
CEP 05425-902 – São Paulo – SP
www.coletivoleitor.com.br

Tel.: (0xx11) 4003-3061
atendimento@aticascipione.com.br

CL: 810112
CAE: 603356

10ª tiragem, 2022

**Impressão e acabamento**
Log&Print Gráfica, Dados Variáveis e Logística S.A.

# SUMÁRIO

# Guerra com os Estados Unidos

Felizardo achava que todas as pessoas eram mais inteligentes do que ele e, sempre que via uma rodinha, acercava-se dela e ficava de ouvidos atentos, vendo se aprendia alguma coisa. Conforme a situação, chegava inclusive a dar palpites, uns infelizes e outros até bons, às vezes geniais. Numa dessas rodas, havia um homem falante, "salvador da Pátria", dando dicas para salvar o Brasil, acabar com a fome do povo e moralizar a política. Vaticinou:

— O que precisa pra melhorar o Brasil é declarar guerra aos Estados Unidos. Aí eles ganham e vêm pra cá, tomam conta de tudo e soltam os dólares pra valer! O que vai circular é o puro dólar e tudo vai melhorar. A solução é esta: afrontar os Estados Unidos, perder a guerra e substituir o real pelo dólar. Aí o Brasil vai ficar salvo!

Depois de muitos outros palpites da "saparia" circunstante, Felizardo arriscou o seu palpitezinho, aliás, a sua "abalizada opinião":

— Ô moço, escuta aqui. A coisa não é fácil desse jeito, não!

— Não é fácil, por quê?

— Uai, e se *nós ganhar* a guerra?

## O eclipse

A cidade estava entusiasmada, aguardando o badalado eclipse anunciado no rádio, na televisão, nos jornais e bastante recomendado pelos professores aos alunos.

Pedrinho, um dos filhos de Felizardo, garoto duns dez anos, frequentava a escola e estava ansioso para ver o eclipse. Mas, à noite, o pai não gostava que os filhos saíssem de casa; dizia ser perigoso demais da conta. Apesar de a corrutela[1] ser tranquila, ele ainda acreditava em assombração, em entes místicos, no lobisomem e na mula sem cabeça. Enfiava essas crendices na cabeça dos filhos, assustando-os muito. Ignorava o que fosse um eclipse, achando, decerto, tratar-se de mais um ente místico.

Então, o Pedrinho, na hora marcada pela professora, da aparição do fenômeno celeste, pediu ao pai:

— Paiê! Eu posso ir lá fora pra ver o eclipse? A professora mandou a gente ver.

— Vai, filho. Pode ir. Mas não chega muito perto, não. Cuidado!

---

[1] De acordo com o dicionário, corrutela é um "pequeno arraial formado por garimpeiros na entrada das terras virgens aonde vão à procura de diamantes".

# Dispneia

A mulher do Felizardo sofre de uma doença muito chique chamada dispneia. Veja só a chiqueza do nome: dispneia, que nada mais é do que falta de ar que a pessoa sente.

Um dia ele chegou da roça e a mulher estava passando muito mal, mas ela não sabia explicar, muito menos ele sabia o que era, pois nunca a vira assim. Então, a vizinha — que sempre a gente tem uma vizinha ou um vizinho pra servir pra muitas necessidades, além de pedir emprestado algumas coisas urgentes, como até fósforo para acender o fogo de manhã — falou que a mulher estava com falta de ar e que era preciso levá-la à cidade.

Muito solícito, Felizardo pegou a égua no piquete e colocou-a na carroça, uma carroça muito boa que ele possuía, inclusive com as rodas de pneus, muito mais rápida, que estava sempre calibrando na borracharia. E foi pra lá, para a borracharia, que ele levou a esposa, querendo saber, receoso, em que lugar o borracheiro iria colocar o bico pra pôr ar na Malvina. Mas levou uma bruta bronca do borracheiro, que lhe chamou de burro, mandando-o procurar um hospital.

# Servente de pedreiro

Felizardo, depois de vir inúmeras vezes a Goiânia, acabou mudando-se para cá, e se deu muito melhor aqui do que na roça. Aliás, disse que iria fazer uma experiência e que, se ela não desse certo, ele voltaria. Conseguiu emprego de servente de pedreiro, e todos do serviço gostaram muito dele, bem aplicado no trabalho e de prosa boa, diferente, com suas tiradas ingênuas, umas, e outras nem tanto. Era uma companhia construtora que estava arregimentando operários para levar à África, para uma grande obra com operários exclusivamente brasileiros.

Felizardo se despediu da família, iria ganhar uns bons cobres e voltaria arrumado, bom para ele e para os seus. A sua área de serviço era a de concretagem, misturando areia e cimento.

Assim que o avião sobrevoou uma parte da África, sofreu uma pane e teve de realizar um pouso forçado em pleno deserto. Mas a operação foi tão normal que os operários não souberam do problema.

Quando Felizardo desceu e avistou aquele mundão de areia, achou que o ambiente de trabalho, o canteiro das obras, era ali, e perguntou ao encarregado:

— Se mal pergunto, *adonde* que a companhia vai arrumar cimento pra misturar com esse mundão de areia?

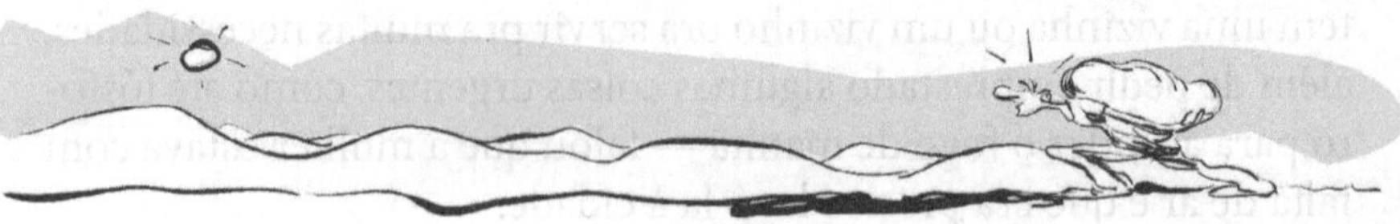

## A trincheira

Felizardo, na África, emplacado na companhia construtora, ficou incumbido de furar um buraco, a mando do feitor. Era um buraco grande, um enorme buraco! A verdade é que aquilo era, propriamente, uma trincheira, que alguns africanos costumavam atacar estrangeiros, mesmo os operários, tendo-os como intrusos. Felizardo, vendo-se rebaixado, como furador de buraco, reclamou:

— Mas eu não sou da misturação de cimento com areia e brita? Ou eu sou soldado?

— O caso, seu Felizardo, é que os nossos funcionários aqui são pau pra toda obra. Em tempo de guerra todo mundo faz de um tudo. Não há escolha.

Quando o buraco, ou melhor, a trincheira ficou aberta, toda pronta, o colega de escavação de Felizardo perguntou:

— E agora, Felizardo, a gente tem que esconder este montão de terra, se não os africanos vão saber que nós tamos escondidos aqui dentro e acabam com a vida da gente.

Felizardo entrou com a sua sapiência, agora, bem ingênua mesmo!

— Uai, o recurso é *nós cavar* outro buracão, outra trincheira igual dessa daí, e esconder a terra lá dentro...

## Receber do bispo

Receber do bispo é o mesmo que dizer "vai receber do Abreu, se ele não pagar, nem eu!". Foi o que aconteceu com o Felizardo, que foi fazer queixa à polícia e começou contando a história ao delegado de plantão:

— Pois é, doutor delegado, o senhor não haverá de ver que eu fiquei doente e tive que vender o meu cavalo da carroça pra mode custear os remédios? Foi facinho de vender, porque já sabia que o Zequinha-Boca-de-Fogo, um homem lá das nossas bandas, tava inclinado no meu cavalo. Aí, fui, vendi. Mas foi assim, do jeitinho que eu vou contar pro senhor: quatrocentos reais pra pagar em duas vezes, que duzentos era o que ele podia dar e dava pra custear os remédios. Então foi como eu falei: vendi. Vendi o cavalo pro Boca-de-Fogo, aquele homem dos dentão tudo de ouro. Recebi os duzentos, e o restante, até hoje, e isso já vai lá pra quase um ano que venceu e ele não pagou. Fui atrás dele, e o malvado negou a conta. Falou pr'eu ir receber do bispo. Ora, seu doutor, eu nem conheço esse tal de bispo, que ouvi dizer que bispo fica na cidade grande e é o dono da igreja. Ir receber dele *adonde*? Na igreja? Afinal eu vendi o cavalo foi pro Zequinha, não foi pro bispo!

O delegado explicou tudo ao Felizardo, dizendo que ele caíra no conto do vigário.

— Do vigário, seu doutor?! Então, eu vendi a metade do meu cavalo foi pros donos da igreja?!

## O racionamento

Tempo de racionamento até que é bom. Dá mais trabalho pra comprar, mas a gente economiza um tanto até bom. Se não cumprir o racionamento e procurar comprar mais da quota, Deus castiga e a gente entra no prejuízo. Foi o que aconteceu com o Felizardo. O óleo de cozinha estava racionado, e só vendiam três latas de litro pra cada freguês. Felizardo tinha um dinheirinho a mais e, pra aproveitar o preço, que além do racionamento estava também em promoção, quis dar uma de sabido, infringindo a lei. Conseguiu comprar uma dúzia, usando o jeitinho brasileiro: pagou em quatro caixas diferentes. Em cada caixa passou três litros.

Ora, fartura em casa de pobre é dar milho a bode. Ele, a esposa e os filhos foram assistir a uma reza no povoado e, quando voltaram, cadê os litros de óleo? Os larápios tinham levado tudo, todos os doze litros!

Foi dar parte na delegacia. O delegado falou:

— Mas por que o senhor comprou tanto óleo, seu Felizardo? Infringiu a lei e despertou a cobiça dos ladrões, decerto até vizinhos do senhor. Eu teria é que prender o senhor por ter desobedecido a lei do racionamento, o que é crime. Mas o senhor já pagou a pena com esse roubo. Não vou atrás do ladrão, não! "Quem rouba de ladrão tem cem anos de perdão."

— Mas *eles devia de* ter deixado ao menos os três litros da quota, seu delegado!

Felizardo saiu da delegacia muito chateado pelo fato de o delegado dar razão ao larápio, proteger ladrão, e resolveu voltar ao supermercado e comprar mais doze litros, repetindo a compra anterior.

A mulher, Malvina, perguntou:

— E a gente vai ficar vigiando, não pode ir rezar mais na igreja?

— Não vamos ficar vigiando, não, Malvina. Vou mandar escrever numa tabuleta:

*Racionamento — Quota do roubo:*
*Apenas três litros.*

— Por quê, meu marido?

— Porque enquanto o ladrão vai e volta, a gente chega da igreja e eu pego ele!

## É um assalto!

Felizardo estava entrando no supermercado, decerto pra comprar mais óleo, quando escutou lá dentro, perto do balcão de carnes:

— Isto é um assalto!

Saiu correndo até o orelhão e telefonou chamando a polícia, que chegou incontinente.

Aí, ele, dando uma de importante, entrou juntamente com os policiais. Quer dizer, entrou atrás, bem resguardado. Acontece que o ambiente estava normal, funcionários e clientes tranquilos, cada um no seu afazer: o açougueiro cortando carne, os caixas recebendo, os empacotadores empacotando e os clientes em plena paz.

— Aqui não está havendo um assalto? — perguntou o sargento.

— Que assalto?

— Quem foi que telefonou pra avisar que estava ocorrendo um assalto aqui neste supermercado?

— Fui eu, sim senhor — gemeu Felizardo.

— Mas como, se aqui não há assalto nenhum?

— Decerto os assaltantes fugiram. Mas eu escutei um homem gritar ali na banca de carne: "Isto é um assalto!" — confirmou Felizardo.

Aí tudo foi explicado: um pedreiro, com a roupa toda suja, como costuma ser a roupa de alguns pedreiros quando saem do trabalho, pediu o preço do quilo de carne e glosou:

— Eu quero é um quilo, não é o boi inteiro, não! Isto é um assalto!

## Bem e malcasados

Gente pobre leva vida dura. O que ganha, o dinheiro que entra em casa, nunca é suficiente. Aliás, na classe média é ainda pior, porque a classe média é o salame do sanduíche da sociedade: alimenta os de baixo e alimenta os de cima. Hoje, até que melhorou, porque a mulher também trabalha e reforça o orçamento familiar.

Com certos casais, as discussões são constantes, dando mau exemplo aos filhos, que ouvem tudo. Há pais que não têm educação ou inteligência pra não discutir na presença dos filhos.

Com Felizardo e Malvina não era diferente. Andavam às turras por "dê cá aquela palha", mas sempre era ela quem começava. Mas ficava só nisso, não se agrediam. Também não acontecia sempre, não. Nunca o Felizardo reclamou e não punha lenha na fogueira pra alimentar discussão. Gostava bastante da esposa e fazia tudo pra respeitá-la, não contrariá-la em nada. Quando acontecia, ele pedia desculpas e se arrependia até não ter mais onde. Mas ela martelava:

— O nosso casamento foi errado, foi ruim pra mim demais da conta!

— Se você acha o nosso casamento ruim, a culpada é você! — defendia-se Felizardo.

— Eu?! Você, sim, que é o culpado, que foi atrás de mim, não deu sossego até a gente casar.

— A culpa, o azar de você ter casado comigo, é toda sua. Porque você pode ter casado mal, mas eu casei muito bem...

## Diálogo macabro

Esta é a história de como Felizardo, depois de receber uma certa resposta, ensebou as canelas e... pernas pra quem tem!

Ele, como eu mesmo e muita gente como nós, morremos de medo de assombração, principalmente de alma do outro mundo.

Felizardo morava depois do cemitério Santana, e isso foi no tempo em que por lá tudo era mato. E iluminação zero.

Havia saído de uma sessão do cinema e lerdado por ali um pouco, apreciando o Vicente e o Betinho jogarem sinuca; quando viu, já era quase meia-noite. Chegando perto do cemitério, não teve coragem de enfrentar a escuridão; parou e ficou esperando alguém que viesse para atravessarem juntos.

Deu meia-noite! Os cabelos só não levantaram o chapéu da cabeça porque Felizardo não usava chapéu, pelo menos não naquela noite, que chapéu é só para o sol quente durante o dia.

Aí, viu um vulto chegando e gritou, à moda de sentinela:

— Quem vem lá?

— Eu. É de paz.

— Graças a Deus que é gente! O senhor poderia me fazer companhia até passar o cemitério?

— Posso sim. Vamos andando. E foram andando e conversando:

— Eu — confessou Felizardo — morro de medo de assombração, mais ainda de alma do outro mundo! O senhor não tem medo, não?

— Agora não tenho medo, não. Mas quando eu era vivo tinha medo e era muito!

## Pajem de cachorro

Depois de tanto procurar, Felizardo encontrou um ótimo emprego. Verdadeira mamata: pajem de cachorro. Era um *pit bull* dos maiores. Felizardo conseguira o emprego por ser bem forte; o cachorro não dava moleza, e perigava atacar alguém. Mas o cachor ro não criou problemas com Felizardo, que trazia o cão na corda curta, segundo exigências do dono, o qual sabia que o animal da tal raça deve ficar fechado, nada de passeios pelas ruas. Mas, também, o passeio cachorral só se dava no Bosque dos Buritis, e o pajem, segundo recomendações, evitava passar perto das pessoas, principalmente de crianças.

Numa manhã, já quase findo o passeio, um moleque daqueles que mexem, fuçam em tudo perguntou ao Felizardo:

— Moço, esse cachorro deixa a gente chegar perto?

— É lógico que deixa. Mas pela vontade dele.

— Vontade dele? Cachorro tem vontade?

— Ora se tem! Se ele não deixar chegar perto, como é que ele vai morder?

## As banhistas e o falso jacaré

Havia no povoado uma lagoazinha onde as mulheres lavavam roupa e depois iam se refrescar, tomar banho, todas nuas, inclusive as filhas, mocinhas, que quase ninguém passava por lá, portanto, um lugar bem tranquilo.

Acontece que o Felizardo, que muita gente achava bem ingênuo devido a algumas das suas atitudes, era caseiro da fazenda onde se situava tal lagoa e sempre dava uma chegadinha por lá, mas nunca teve coragem de dar uma espiadinha, ver as mulheres nuas, que ele dizia haver três coisas que nunca conseguiu ver: micróbio, nota de 100 reais e mulher pelada (nem a dele). Levava sempre uma espingardinha chumbeira para dar uma caçadinha, matar algum inhambu ou pomba-do-bando.

O fazendeiro não gostava de fuzarca em suas terras, principalmente se feita por mulheres nuas. Mas como lagoa é água e não terra, Felizardo permitia que elas tomassem banho, exigindo isolamento completo de homens. Mas a vontade, o desejo dele era mesmo dar uma espiada, o que nunca conseguira. Aí, o patrão soube do uso da lagoa e advertiu o empregado (no caso, o Felizardo): se aquilo acontecesse mais uma vez, ele seria despedido. E olha que emprego nunca foi fácil, e Felizardo não pretendia perder o seu, o qual, pensando bem, era uma mamata, muito melhor que ser pajem de cachorro.

Mas, por mais que Felizardo pedisse para as mulheres, elas não deixavam de dar a sua nadadinha e... peladas.

Aí, então, cumprindo ordem — que ordem é ordem, ainda mais de patrão brabo — Felizardo abeirou-se da lagoa, a mulherada toda lá dentro, mas só com a cabeça de fora. Como sabia que elas não o obedeceriam, tramou, astuciou uma estratégia. Começou a carregar a espingarda, e com chumbo grosso. Aí, a mais saída delas, das banhistas, que sempre tomava a palavra em nome das demais, perguntou:

— O senhor, seu Felizardo, vai dar tiro na gente?

— De jeito nenhum, dona Sebastiana! Eu vou dar um tiraço e de chumbo com bala é num baita jacaré-do-papo-amarelo, comedor de crias da fazenda, que mora aí dentro da lagoa. É só chegar de noite ele sai daí de dentro e vai pegar leitão lá no chiqueiro. Indagorinha, antes d'ocêis chegar, eu vi ele aí, com o cabeção de fora!

Foi um deus nos acuda, uma gritalhada medonha, as mulheres saindo às pressas, mesmo peladas, que as roupas estavam longe da margem, Felizardo apreciando, nunca tinha visto coisa tão boa, espetáculo tão bonito! Jacaré? Nem lagartixa!

## O canoeiro

Aparecia sempre um senhor, muito bem-vestido, mesmo andando pela zona rural, de gravata, paletó e tudo. De um certo estudo, muito educado, embora censurasse todo mundo, principalmente os analfabetos. Gostava de ensinar, de aconselhar e de repreender, mas sempre querendo fazer o bem para a pessoa. Era desses fala-fala que a gente sempre encontra por onde está.

Para faturar mais uns cobrinhos com a sua velha e desgastada canoa quase podre, Felizardo fazia travessia de pedestres, que a ponte do rio havia rodado naquele 19 de março, dia de São José, quando se dava a famosa e amedrontante enchente, chamada de

São José, que era infalível e carregava tudo, até ponte. Ponte tinha que ser feita de aroeira ou de concreto, senão, rodava mesmo!

E quem chegou para atravessar, o seu primeiro passageiro? Foi o tal homem perguntador, ensinador, repreendedor, bom pra impor moral nos outros, que foi logo cumprimentando e perguntando:

— Bom dia, meu bom senhor! Por quanto o senhor me atravessa até a outra margem?

— É um real. Por que o senhor perguntou por quanto eu atravesso até a outra margem se o meu serviço é só esse mesmo, atravessar até o outro lado?

O homem levou um susto, vendo um caipira corrigi-lo.

— Um real? Está muito que bem. Aonde é que me assento?

— Pode sentar aí na tábua do meio, que a canoa fica com mais equilíbrio.

Tudo ajeitado, Felizardo primeiro empurrou a canoa com a zinga, depois foi de remo. Então o homem começou a perguntar:

— O senhor saber ler, sabe escrever?

Felizardo, desconfiado, achou melhor dizer que não sabia:

— Sei não senhor.

— É uma pena. Só por isso o senhor já perdeu dez anos de sua vida.

— *Devéra*?!

— Sim. Deveras. O senhor sabe fazer as quatro operações?

— Sei não senhor.

— Pois aí já são mais dez anos que o senhor está perdendo de vida.

— Mesmo?!

— Mesmo, como não? Quer dizer que lidar com computador, com internet, nem pensar, não é?

— Nem pensar mesmo, que eu nem sei o que é isso!

Já chegando ao meio do rio, a canoa começou a fazer água. Felizardo, "ingenuamente", perguntou ao "doutor" sabereba:

— Se mal pergunte, o senhor sabe nadar?

— Não sei, não! — respondeu o homem, desconfiado, adivinhando alguma coisa grave e já apavorado.

— Sabe nadar mesmo, não?! Então o senhor, doutor, vai perder já, já toda a sua vida!

E saltou n'água dando vigorosas braçadas, para a margem, que a correnteza estava braba demais da conta, deixando a canoa rodar, enchendo de água, e o homem lá, gritando e pedindo socorro!

## O taxista e o carteiro

Felizardo, na primeira vez em que veio a Goiânia, foi se hospedar na residência de seu compadre Belmiro, mas não sabia o endereço. Informaram-lhe que pegasse um táxi, ali pertinho, na rodoviária, que o motorista de táxi conhece todas as ruas, todos os endereços. Assim que chegou, o chofer foi colocando a mala de Felizardo no carro e perguntou:

— Para onde é que nós vamos, moço?

— Me leva na casa do meu compadre Belmiro.

— Perfeitamente. Qual é o endereço do seu Belmiro?

— Uai, se o senhor que mora aqui em Goiânia, é motorista de táxi, não sabe, como é que eu haveria de saber, se tô vindo pra Goiânia pela primeira vez?!

E tem mais. Ele, Felizardo, depois de uns dias na cidade, teria de ir ao Correio procurar, na Posta Restante, uma carta que estava esperando há muito tempo, mas, andando pela rua e vendo um carteiro todo de azul e amarelo, com a mala de correspondências ao ombro e algumas cartas na mão, perguntou:

— Ô moço! O senhor tem aí uma carta pra mim, Felizardo?

## O artesão

Felizardo possuía, também, as suas habilidades. Tinha o seu dom de artesão. Como o famoso Antônio Poteiro, pegava barro (argila) no brejo e moldava seus potes e moringas, tudo muito rústico, mas que agradava aos folcloristas.

Certo dia, um domingo, Felizardo expôs na feira os seus utensílios de barro queimado, que ele chamava de louça, pra conseguir um dinheirinho a mais, que em casa a coisa andava preta, tudo de consumo pela hora da morte, e o seu ganho sempre minguado. Mas vida de pobre é assim mesmo: tudo aumenta de preço, só o ganho que permanece estável, lá em baixo.

Um senhor desejou adquirir um pote, não para adorno de casa, mas para uso mesmo, pois gostava de uma água de pote, fresca, bem fresquinha, muito mais salutar do que a água da geladeira. E água gelada dá até pneumonia, como advertia Felizardo aos seus fregueses.

Felizardo havia deixado, não se sabe se de cálculo pensado ou por esquecimento, uma moringa dentro de um dos potes, justamente aquele por que o comprador se interessou.

— Quanto que é este pote aqui?

— Todos eles valem dez reais.

— Então vou levar este aqui — disse o comprador, pegando o que tinha a moringa dentro, pensando em enganar o humilde e "ingênuo" vendedor.

— Todos os potes são a dez reais, mas esse aí é um tiquinho mais caro.

— Mais caro? Como assim?

— É que essa peça aí tá prenha... É como se fosse uma porca mojando[2]...

[2] Amoujar é o "adiantado estado de gravidez das fêmeas dos animais, quando o peito intumesce". (*Dicionário do Brasil Central*, p. 11, obra do autor.)

# O viajante e o temporal

Numa tarde, o tempo ameaçava chuva braba, que o céu estava tordado de nuvens escuras. Felizardo se encontrava na venda da encruzilhada, fazendo algumas comprinhas, quando desceu do jipe um viajante, desses que andam tirando pedidos nos pequenos estabelecimentos comerciais do interior.

Cumprimentou a meia dúzia de roceiros que estava ali, colocou o mostruário e o talão de pedidos sobre o balcão. Enquanto o vendeiro se preparava para atendê-lo, o viajante puxou conversa com alguns dali, tentando ser cortês, cavalheiro. O tempo estava realmente fechado, apesar de ainda ser dia. O céu era riscado por alguns relâmpagos. Pela janela da venda avistava-se, bem em frente, um mamoeiro carregadinho de frutos, ainda pequenos. Uma beleza! Frutos de cima a baixo.

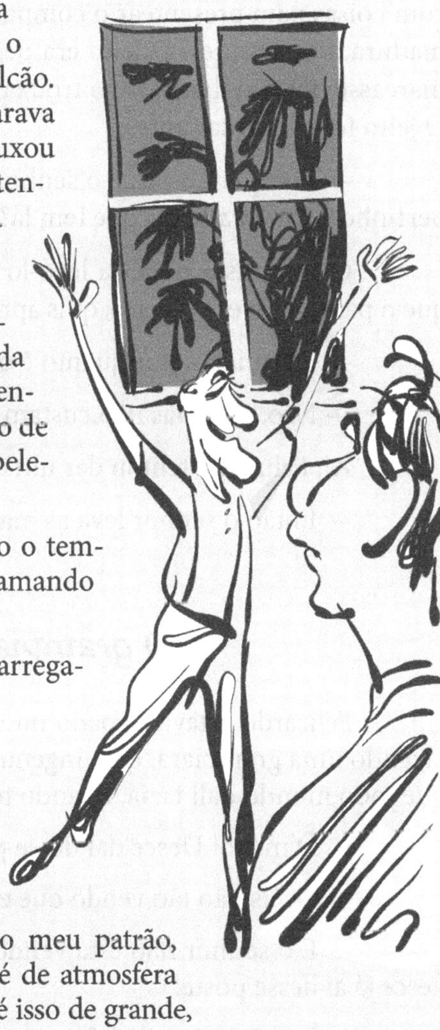

Aí, o viajante, olhando o tempo pela janela, comentou, chamando a atenção dos presentes:

— A atmosfera está carregada, hein?

Felizardo, fazendo-se de íntimo, deu um passo à frente e informou em alto e bom som:

— Isso aí não é nada, seu moço! Na fazenda do meu patrão, onde eu trabalho, tem cada pé de atmosfera que dá cada atmosfuruço que é isso de grande, ó — e abriu os braços.

## Com o motorista de táxi

Felizardo chegou apavorado à rodoviária, com aquele inusitado movimento. Ia "arranchar-se", hospedar-se na casa do compadre dele, que morava na Vila Nova. Apesar de ser bem distante, desta vez ele sabia o endereço, já tinha ido lá, ficava ao lado do mercadinho, facinho de acertar. Acontece que trouxera uma mala pequena com os seus pertences e uma outra bem grande, pesadona, com coisas para presentear o compadre, como pequi e até abóbora madura, das grandes. O jeito era pegar um táxi, mas sabia que, se marcasse bobeira, bancasse o trouxa, o taxista exploraria no preço. O jeito foi perguntar antes:

— Por quanto é que o senhor me leva até a Vila Nova, bem pertinho do mercadinho que tem lá?

O motorista poderia levá-lo até por dez reais, mas, vendo que o passageiro era roceiro, quis aproveitar e pediu cinquenta.

— E as malas, por quanto é que o senhor leva?

— Não, as malas não custam nada, levo de graça.

Aí, Felizardo tentou dar uma de joão sem braço:

— Então o senhor leva as malas que eu vou a pé.

## O grampiarista

Felizardo estava trepado num poste elétrico, desses de rua, fazendo uma grampiara, que, ingenuamente, pensou ser legal, porque todo mundo dali fazia, quando foi surpreendido pela polícia:

— Ô moço! Desce daí desse poste!

— Ocêis não tão vendo que eu tô trabalhando?

— E o senhor não está vendo que aqui é a polícia? Vamos, desce já aí desse poste!

— Polícia de verdade?

— De verdade, sim! Desça e já daí desse poste!

Felizardo, que era respeitoso, ainda mais com a polícia, e até admirava qualquer militar, com o devido respeito pela farda, e que sonhava um dia vestir uma daquelas, assim que desceu e colocou os pés no chão, virou-se para o policial e ficou aguardando, sem pensar no pior.

— Quem é o senhor? — perguntou o militar.

Aí, então, Felizardo virou a cabeça, piscou miudinho e respondeu, admirado e ingenuamente:

— Uai, seu moço! O senhor tá com a memória curta... eu sou aquele que o senhor viu, inda'gorinha, lá em riba do poste!

## Vendedor de coco

Felizardo levou à feira seus potes e moringas, mas pegou também alguns cocos verdes para comercializar, melhorar o orçamento. O distribuidor entregou-lhe um facão, um abridor e um cento de canudinhos coloridos. A venda dos cocos seria em consignação. Dava o direito de devolver o que não fosse vendido.

Ocorre que a mercadoria que pegou pra vender era muito ruim, tanto é que o primeiro freguês deu a bronca, pois introduziu o canudinho no coco, chupou que chupou e não saiu água nenhuma:

— Ô moço! Esse coco não tem água?!

Felizardo achou que o cliente não deveria ter reclamado porque o preço do coco na praça era $ 1,50 e ele estava vendendo a $ 0,50. Mas quem compra coco na rua recebe o canudinho e manda abrir é pra tomar a água. E Felizardo, mau comerciante, foi grosso com o freguês:

— O senhor pediu coco e eu vendi foi coco, não foi água não, ora tá bom!

## Enólogo sertanejo

Numa feira de mostras, Felizardo se fartou degustando e saboreando produtos expostos, e com muita gentileza, pelas mocinhas uniformizadas, que serviam de um tudo, de bebidas e tira-gostos. A imprensa estava lá, e roceiro é tremendamente afeiçoado a televisão. Acha que aparecer na telinha é o suprassumo, o fim da picada. E ele, encantado, assuntando, reparava muito numa mocinha linda com o microfone, que, juntamente com um câmera e um iluminador, arguía as pessoas dali da feira. Quando ele viu que a coisa veio vindo pro lado dele, tomou posição de sentido, como os roceiros fazem quando vão se retratar. Ficou teso, os braços caídos com um cálice de vinho na mão. A repórter perguntou-lhe:

— Na opinião do senhor, qual é o melhor vinho?

A pergunta fora no sentido de saber a preferência, se tinto, suave, branco, seco, doce, essas coisas, que cada um tem a sua. E Felizardo, com ares de importância, respondeu:

— Pra mim, pro meu gosto, o melhor vinho é aquele que a gente ganha, bebe e acha bom.

## Galos de briga

Todo roceiro convive com a natureza, mas não lhe dá o devido valor pelo simples motivo de conviver com ela. O ruralista só acha interessante o que vê fora do seu *habitat*, como as coisas da cidade, assim como os citadinos, que se admiram pelas coisas do campo.

Aqui na rua, quando um carroceiro chicoteia o seu animal de tração, há indignação nas pessoas presentes, e até chamam a polícia e a Associação Protetora dos Animais. Mas, na roça, ninguém se incomoda com isso, que é tudo muito natural. Tanto é que a briga de galos foi proibida no governo presidencial de Jânio Quadros, que fechou milhares de rinhas pelo Brasil afora. Mas ficaram as rinhas clandestinas, mormente nos povoados. E Felizardo, não entendendo nada de contravenção, apreciava demais da conta uma boa briga de galos, e mais: conhecia tecnicamente os contendores.

Então, em uma dessas tardes esportivas — que briga de galos é considerada esportiva — uns turistas, pretendendo conhecer, foram assistir a uma delas, justamente no povoado perto de onde morava Felizardo. Um deles, vendo que Felizardo entendia das coisas pelo modo de olhar e comentar sobre os galos, e pretendendo fazer uma aposta segura para ganhar um bom dinheiro — que as rinhas vivem de dinheiro —, tomou opinião com Felizardo sobre os dois principais contendores, um galo índio, vermelho, e um empenujadão branco. A pergunta:

— Qual deles dois que o senhor considera bom?

— O bom é o branco, e o ruim é o índio.

Aí, o turista carregou na aposta em cima do galo branco. O resultado foi que o galo índio quase matou o branco, fazendo o turista perder o seu rico dinheirinho. O tal protestou contra o orientador:

— O senhor não falou que o galo branco que era o bom?

— Pois era o bom mesmo! Ruim é o índio que bateu nele!

## No consultório médico

Felizardo foi se consultar com um médico bastante caridoso, desses poucos que ainda existem e que, além de não cobrarem a consulta, dão também os remédios da receita, as amostras grátis que eles recebem para promoção.

Ficou muito feliz com isso, porque, só de falar que vai consultar um médico e que não tem de comprar os remédios, já é uma grande alegria, principalmente para o bolso do cliente.

Pois foi o que aconteceu. Depois da consulta, o médico lhe deu um pacote de remédios e disse para Felizardo tomar somente após as refeições.

O sertanejo pegou o pacote e agradeceu muito, chamando Deus e descendo os santos do céu para louvar o doutor.

Isso foi pela manhã. Saiu da sala do médico e ficou sentado na sala de espera, permanecendo lá até quase à noite, quando o médico, retirando-se, deu com ele sentadinho, humildezinho, no cantinho da sala:

— Mas, como? O senhor está até agora aqui? Já não lhe dei os remédios? O senhor tomou algum deles após as refeições?

— Tomei não senhor. Os remédios o senhor deu, mas... e as refeições, doutor?!

## Colher de sopa

A mulher do Felizardo não estava se sentindo bem e mandou o marido ir à farmácia do povoado para trazer um remédio para ela. Ele foi. Chegando lá, contou ao farmacêutico o que a Malvina tinha, o que ela sentia. O farmacêutico indicou o remédio que achou adequado, assim, só pela informação muito custosa dada pelo Felizardo, que explicava muito, mas o moço entendia pouco. Ele recomendou a posologia, quer dizer, o modo de tomar: uma colher das de sopa às refeições. Aí, Felizardo ficou muito feliz por achar que resolveria o problema sem precisar comprar o remédio, pois ele mesmo ia se incumbir de dar a dose certinha à mulher.

Como? Mandou Malvina preparar um caldeirão de sopa muito caprichada, com macarrão, arroz, feijão e carne, uma sopa das mais boas mesmo, e deu-lhe uma colher no almoço e outra na janta.

Como a "doente" achou a sopa muito apetitosa e a dosagem pouca, passou a tomar várias colheres no almoço e no jantar. Felizardo não gostou nada daquilo, pois a mulher estava contrariando a ordem do farmacêutico, que mandou tomar apenas uma colher às refeições. E como a "doente" estava era desnutrida, o "remédio" foi eficaz, bom demais da conta, um santo remédio!

## É areia! É água!

Felizardo estava bastante gripado e fugia de água; até achava bom nem se lavar, para não agravar mais a gripe.

Iam os dois, ele e o compadre de Goiânia, Belmiro, visitar um outro compadre, numa fazenda perto da cidade, quando avistaram o córrego, que é por onde passava a estrada, ou melhor, o caminho. No tempo das águas, a água até que não era muita, não, dava até vau. No tempo da seca, lá por setembro, outubro, secava de vez, ficando somente a areia branquinha, branquinha. E o mês era outubro, quando o que tem de secar seca mesmo! Felizardo teve uma ilusão de ótica e exclamou:

— Compadre Belmiro, como é que eu faço?

— Faz o quê, compadre Felizardo?

— Uai, pra passar dentro d'água, que eu tô numa gripe excomungada e não quero, tenho muito medo de pegar uma pneumonia. Se for simples, ainda vá lá, mas se for pneumonia dupla, morro mesmo, compadre.

— O que é isso, compadre Felizardo? Aquilo lá no *córgo* é areia, não é água, não, que o *córgo* secou.

— Ora compadre, então eu não sei diferenciar areia de água? Tô vendo que é água!

— Compadre, é areia!

— É água, compadre!

E eles foram se aproximando, sempre teimando, até chegarem ao córrego, mas Felizardo encabulou: achou que a areia era mesmo água e não dava por menos.

Aí, então, Belmiro, para mostrar que era areia e não água, pegou um punhado da areia e jogou nele, que deu um baita pulo pra trás, gritando:

— Não me molha, não, compadre Belmiro! Não falei que tô gripado?!

## Falta de lugar

Felizardo vinha várias vezes a Goiânia, visitando sempre o seu compadre anfitrião, Belmiro. Passou a andar sozinho e a pé, mas, para ir a lugares mais distantes, aprendeu a tomar o ônibus e achava bom demais da conta andar de coletivo, reparando por onde passava e puxando a cordinha para mandar o ônibus parar, o que fazia sentir-se muito importante, mandar parar por sua ordem um baita ônibus daqueles.

Gostava de pegar o coletivo no terminal, rodar pela cidade, pelos bairros, e depois voltar ao mesmo terminal. Era um passeio e tanto, pois andava muito, via muitas coisas, conhecia muitos lugares, e a passagem era uma só, baratinha, baratinha, muito mais barata do que táxi.

Num desses passeios, o ônibus foi enchendo; assim que passava nos pontos, entrava mais gente, até que lotou por completo. Aí, entrou mais uma passageira, uma senhora meio idosa, que ficou em pé segurando no corrimão bastante nervosa, num joga pra lá, joga pra cá, contorcendo-se toda pra não cair. E Felizardo de olho nela, que procurava, com os olhos, alguém que lhe cedesse o lugar.

Passado um tempinho, a mulher soltou uma bronca, reclamando da falta de educação dos usuários, a maioria jovens, que não lhe ofereciam o lugar:

— Aqui ninguém tem educação, não?

Felizardo, querendo ser gentil usando uma resposta educada, apesar de não ter nada com isso, mas querendo se sobressair dando uma explicação, mas nunca o seu lugar, e vendo os jovens, a grande parte de estudantes, respondeu, defendendo-os:

— Educação aqui com a moçada tem e é muita, minha senhora, mas o que aqui não tem mesmo é lugar!

## Mal do cigarro

Felizardo gostava de puxar uma fumacinha. Na roça, usava o palheiro, o cigarro de palha, mas, na cidade, ele comprava um maço, chamado cigarro de papel, que dizia ser pito de loja. Foi consultar um médico, pois estava com o peito carregado e com muita tosse. O doutor explicou, falou claramente, que cigarro faz mal e até mata, e que, se Felizardo quisesse continuar fumando, que usasse, então, apenas o cigarro de palha, que não fazia tanto mal como o de papel. E ainda deu uma explicação desnecessária, mais para mostrar conhecimento: que o cigarro roceiro queimava a palha e o fumo juntamente, isto é, ao mesmo tempo, porque são produtos da natureza, e a natureza é perfeita, e que o papel do cigarro, para queimar ao mesmo tempo com o fumo, levava sete produtos químicos, perigosos, prejudiciais para a saúde.

No final da consulta, o médico fez-lhe uma advertência:

— O senhor, que é ainda jovem, tem filhos pequenos para criar e está com todos os sintomas de que o cigarro está lhe fazendo mal, poderia deixar de fumar de uma vez por todas. Cada cigarro que o senhor põe na boca é mais uma taxinha que o senhor está pregando no seu caixão mortuário. O senhor não vê, mas o cigarro vai matá-lo devagarinho, devagarinho...

Então, Felizardo entrou com a sua filosofia ingênua:

— Como mesmo o senhor acabou de falar que eu tenho filhos pequenos pra tratar, pra criar, vou falar pro senhor que eu não tô com pressa de morrer, não senhor! Pode ser devagarinho, devagarinho mesmo...

# Congestão

Carne de vaca, de gado, na roça, é sempre de pouco uso. O que mais tem, portanto o que mais usam, é carne de porco e de galinha. Dizem que a de porco é reimosa. Faz mal. Mas o que faz mal mesmo não é a qualidade, é a quantidade.

Certo dia Felizardo abusou da carne suína. Foi a uma festa de Folia de Reis e lá se fartou de miúdos de porco; comeu, comeu até se empanturrar. Acontece que foi na janta e, se não fosse acudido com água morna e chás de losna e de boldo pra vomitar, teria morrido de congestão.

Nunca mais ele comeu miúdos de porco. Miúdos, para bem explicar, são os órgãos do porco, como coração, rim, língua, fígado. Tudo é cortado em pedaços pequenos, cozido e refogado com bastante caldo e pimenta. É bom pra comer, é gostoso, mas é superindigesto. É uma iguaria conhecida no Nordeste por sarapatel.

Passados uns tempos, lá vai o Felizardo para uma outra festa de pouso de Folia. E o que mais tinha pra comer era o tal sarapatel. Aí, ele teve o devido cuidado, pegou uma concha e foi enchendo o prato com os pedaços maiores que havia na imensa panela. A mulher dele, a Malvina, advertiu-o:

— O que é isso, Felizardo?! Você sabe que não pode comer miúdos de porco!

— E você não tá vendo que eu tô pegando só os pedaços grandes, os mais graúdos? Miúdo eu não peguei nenhum não, Malvina. Olha aí — disse, mostrando-lhe o prato.

# Os canarinhos

O Brasil tem leis a dar com o pau, sobretudo se comparado a outros países, de legislação mais simples e eficiente. Por que somente o Brasil tem esse monte de leis? Mas falta uma, a principal delas, que é a lei que obriga a cumprir as leis.

Infelizmente poucas leis são cumpridas aqui no nosso querido Brasil. Por exemplo: existe uma que exige, obriga a serem citados, nas apresentações musicais, os nomes dos compositores da letra e da música, mas ninguém obedece, nem emissoras de rádio nem de televisão, muito menos o cantor, que, com isso, faz as pessoas pensarem que a autoria da música é dele. Por isso há cantores famosíssimos que nunca compuseram nada. E há grandes compositores cujo nome ninguém sabe. Injustiça? Coisas nossas, de brasileiros. Portanto, quem é valorizado é o cantor, nunca o compositor. E os maiores sucessos, muitas vezes, devem-se à composição, não à execução. Não existe cantor sem compositor. Por aí se vê o absurdo de os compositores serem injustiçados, relegados, esquecidos.

Mas o Felizardo, sem querer, sem entender de leis, ingenuamente resolveu o problema. Ele gostava demais da conta do seu casal de canarinhos-da-terra, o macho amarelinho e a fêmea parda. Ela cantava que era um gosto, mas o macho não cantava nada. Acontece que o Felizardo estava precisando de uns cobres para fazer um tratamento na mulher e resolveu vender os canarinhos na feira. Mas precisava preparar um plano para vendê-los bem, por um preço bom. Instalou-se com os seus potes e moringas, cocos (com água) e a gaiola com os passarinhos. Aí, um deles começou a cantar maviosamente, e foi ajuntando gente. Um turista, turista daqui mesmo, interessou-se:

— O canarinho é pra vender?

— Tô vendendo, sim senhor.

— Quanto que custa... aquele ali que canta?

— Vinte reais.

— Eu vou levar.

— Mas é um casal, o senhor tem que levar o outro também, que eles não se separam.

— O que não canta?

— Ele mesmo.

— Então eu levo os dois. Se o que canta é vinte, o que não canta deve ser cinco ou seis reais, não é?

— Não, senhor. O que canta é vinte e o que não canta é mil reais.

— Mas por quê, se o que canta é vinte e esse não canta?

— Porque o que não canta é o compositor!

# O cachimbo do pescador

Felizardo estava, como em todos os sábados, pescando no rio próximo ao povoado, o famoso rio do Peixe. Sentadinho no toco de pau, no barranco, o vidro de biotônico cheio de café, e segurando a vara com o anzol n'água. Estava iniciando a pescaria, que era ainda de manhãzinha, quando viu, avistou um homem com dois praças, isto é, dois soldados, vindo lá pela margem. Aí, reconhecendo o fiscal do Ibama, mais do que depressa sungou a vara, pegou na linha e retirou o anzol, amarrando um cachimbo no lugar do anzol e continuou a pescar, muito de bem com a vida. Aí, o fiscal, muito educado, cumprimentou-o:

— Bom dia, seu moço!

— Bom dia, doutor...

— Tudo bem, bastante peixe?

— Tô principiando agora, mas aqui é bom, eu sempre pego alguns peixes.

— E o senhor, por acaso, tem licença de pesca e está com ela aí?

— Não tenho licença, não senhor.

— O senhor sabe que não pode pescar sem a licença?

— Sei, sim senhor. Sei demais da conta.

— Então?

— Então o causo é que eu não tô pescando.

— Como, não está pescando? O que é que está fazendo, então?

— Tô pegando peixe com a mão. Pescar é com anzol...

— E nessa vara, na ponta da linha, não tem anzol por acaso?

— Tem não senhor...

— O senhor faça o favor de suspender a vara e vamos ver se tem ou não tem anzol na ponta da linha!

Aí, Felizardo tirou a linha da água e apareceu o cachimbo.

O fiscal viu que não se tratava de um pescador, mas de um lelé da cuca.

— E como é que o senhor pega peixe com esse cachimbo, posso saber? Qual é a função dele aí dentro do rio?

— É porque eu comprei um torete de fumo preto, forte demais da conta, lá da Paraíba. Aí, eu encho o cachimbo e, como peixe é por demais curioso, vai dar uma cheirada, sai pra fora d'água pra espirrar, e eu *vapt*, pego ele com a mão.

Com essa, o fiscal olhou para os dois praças, fez sinal de que o homem não batia bem, era maluco, doente da bola, e se retiraram.

Assim que os três desapareceram na curva do rio, Felizardo retirou o cachimbo e colocou de novo o anzol iscado. E vai ferrar peixe!

Depois de fisgar uma meia dúzia de piaparas, algumas piracanjubas e umas tubaranas, pegou o saco com os peixes, a tralha e foi embora.

Acontece que ele tinha por hábito passar na venda da encruzilhada e matar o bicho, uma martelada de cachaça da boa, e presenteava o vendeiro com um dos peixes. Quando já estava lá, numa boa, colocando os peixes no balcão para o vendeiro escolher o dele, olha de lado e... quem é que estava lá reparando nele? O fiscal do Ibama e os dois praças.

Aí, o fiscal veio chegando devagar e, ironicamente, exclamou:

— Que bonitos peixes, hein?!

— O senhor escolhe um pro senhor também, pode levar.

— Não, muito obrigado. Eu só queria saber, me explique: o senhor conseguiu enganar todos esses peixes com o cachimbo?

— Não, senhor. Com o cachimbo eu consegui enganar só o senhor...

## Pacto de morte

Felizardo é um grande pescador, quer dizer, gosta muito de pescar e, quando pode, vai mesmo, não há nada que o impeça. Tem a turma dele que vai ao rio Araguaia uma vez por ano, em setembro e ele nunca faltou.

Era véspera do Dia da Pátria e, quando Felizardo estava colocando sua tralha no caminhão coletivo, sua mulher pôs areia no seu sonho:

— Como é que você vai pescar, Felizardo, se ausentar de casa por tantos dias, se a minha mãe está pra morrer a qualquer dia, a qualquer hora, e eu não vou dar conta de arrumar o enterro dela, é só você que entende dessas coisas?

— Pelo amor de Deus, Malvina! É só uma vez por ano que eu vou, a minha chance é essa e você com essa história da sua mãe morrer?

— História, não senhor! Mais respeito com a minha mãe, viu! Olha que ela é a sua sogra!

— E é por isso mesmo!

— Coitada, ela gosta tanto de você e agora tá muito doente, tá desenganada, o médico disse que ela não passa desses dias...

— Tá bem, tá bem. Eu não vou. Eu fico. Os outros vão e eu fico. Mas se a sua mãe não morrer nesses dias, você vai ter comigo, viu?!

## Os penetras do CCC

CCC quase todo mundo sabe o que é e, para quem não sabe, significa Comando de Caça aos Coquetéis. Parece incrível, mas isso existe. Tem cara igual a boi no cio, cheirando o ar, pegando direção e indo em cima. Farejam de longe os coquetéis. E foi assim, não de outra maneira, que aconteceu no aniversário da filha do Felizardo. A festa foi preparada de acordo com os convidados, tudo gente simples, pobre, que exigia quantidade e não qualidade, por isso muito fácil de fazer a festinha do aniversário da menina.

Acontece que foi chegando gente, foi chegando gente, avançando nos comes e bebes antes da hora, num alvoroço de incomodar os donos da casa. E tanto dentro de casa como no quintal foi juntando gente, cada um mais afoito, mais esganado do que o outro.

No começo, Felizardo até achou bom, depois passou a encabular e quase se apavorar. Vai daí, ele procurou a filha e a mulher pra ver se eles tinham convidado mesmo tanta gente assim. Disseram que não, que a maioria ali era gente estranha, e a moça envaidecida por ser tão conhecida, tão querida!

Felizardo, sertanejo, bastante hospitaleiro, quase ingênuo pela simplicidade, mas traquejado da vida, bateu palmas avisando que ia falar. Houve silêncio, todos prestando atenção:

— Meus senhores e minhas senhoras. Faz muito gosto da nossa parte ter os senhores conosco nesta confraternização de casamento — ele havia aprendido e decorado bonitas palavras. — Então, vamos separar os convidados do noivo e da noiva. Os do noivo que fiquem de cá, desse lado aqui.

Houve uma avalanche, um quase atropelo, formando uma extensa fileira de um lado.

— Agora, os convidados da noiva ficam de cá, do meu lado. Novo rebuliço.

Por essa altura do campeonato, Felizardo tossiu, limpou a garganta e arrasou:

— Olha aqui, pessoal, isso aqui não é festa política *adonde* todo mundo vai sem ser chamado. E muito menos é festa de noivado ou de casamento. Isso aqui é uma festinha muito simples e com muito pouca coisa pra comer e beber, e é só pros convidados do aniversário de quinze anos da Florinda, minha filha! Esses ficam! Agora, vocês, convidados do noivo e da noiva, vão comer e beber na casa do diabo, cambada de aproveitadores!

## Filho precoce

Em cidade pequena as pessoas vizinhas usam beirar cercas e muros dos quintais, trocando conversas do cotidiano. O assunto quase sempre versa sobre o marido e os filhos. E noventa por cento do assunto é a cachaça dos maridos, que saem do trabalho e ficam pelas vendas bebendo, esquecendo-se de irem pra casa. Os filhos, esses quase sempre são elogiados nos estudos, que em todas as casas os vizinhos se conhecem.

Estavam num papo animado, a Malvina e a dona Mariquinha, esta com uma chávena de açúcar que tomara emprestada da mulher do Felizardo.

— Como é que tá o filho da senhora, dona Mariquinha? A senhora só tem um, né? Como é mesmo o nome dele?

— É Eduardo, o Du. Ontem ele completou dois anos de idade.

Nisto chega o Felizardo, entrando e já metendo a colher na conversa das mulheres:

— O Du então já fez dois anos, dona Mariquinha?

— Completou ontem. E já fez seis meses que ele tá andando.

— Seis meses que ele tá andando?! Uai, então ele já deve tá muito longe, hein, dona Mariquinha?

## No boteco

Malvina estava apavorada com o sumiço do marido. Mandou os filhos irem atrás, mas ninguém deu notícias. Acontece que ele entrara na cachaça, pegou uma carraspana dos diabos e ferrou no sono ali mesmo, num canto do boteco, e não foi notado. O dono do bar, morrendo de sono, fechou o estabelecimento e foi-se embora.

Lá pelo meio-dia, Felizardo ainda desaparecido, a família aflita, ele acordou meio tonto e ligou para o dono do bar, que a ligação era direta, como uma extensão, porque na corrutela não havia centro telefônico. Era levantar o fone e a campainha tocar de lá. Meio-dia:

— Alô.

— Alô. A que horas o senhor abre o seu boteco?

— Abro às dezoito horas.

— Dezoito horas? Obrigado.

Às quatorze horas o telefone toca novamente:

— Alô.

— Alô. A que horas o senhor abre o boteco?

— Às dezoito horas.

— Dezoito horas? Obrigado.

E isso passou a se repetir de meia em meia hora. Bastante irritado, cansado de atender ao telefone, sempre a mesma coisa, o vendeiro atende novamente, e pronto pra acabar com aquela chatura:

— Poxa! Eu já falei que abro às dezoito horas, às seis horas da tarde. Por que o senhor faz tanta questão de entrar no meu bar?

Aí, Felizardo respondeu, ingenuamente, mas com muita razão:

— Eu não quero entrar, não senhor! Eu quero é sair!

## Exigências patronais

Quando Felizardo voltou da África, após o término dos serviços da companhia construtora, perdeu o emprego, que a companhia havia contratado operários apenas para aquela empreitada no exterior. Tentou voltar para o seu emprego da Fazenda Lagoinha, mas o patrão já havia ajustado outro e... por bem menos. A gente é assim, pensou o "ingênuo" Felizardo, larga de um emprego e vai pra onde paga melhor, mas não pergunta se é pra sempre e acaba levando na cabeça. Na fazenda tinha leite, tinha mantimentos, casa pra morar, e agora? Desempregado. Nas bancas de jornais estão sempre grupos de pessoas, inclusive Felizardo, lendo os classificados, procurando emprego. Ele tomava nota dos endereços, ia atrás, mas em geral exigiam conhecimento, estudo, cursos, profissionalização, o que ele não tinha, não atendia aos requisitos.

Até que, em um deles, ficou satisfeito de imediato, pois achou que tinha batido no lugar certo. Era uma firma que necessitava de trabalho braçal, quer dizer, de pessoas sem especialização, que apenas usassem a força física. Chegou e disse:

— Tô precisando de trabalhar, o senhor tem emprego, como tá falando aqui no jornal?

— Ah, sim! Estamos justamente com falta de braços para o trabalho.

— Só de braços?

— Isso, faltam braços para o trabalho.

— Então não vai dar...

— Como, se o senhor está tão robusto, bem-disposto, tão forte! São de braços assim, como os do senhor, que estamos necessitando.

— Não, senhor, não vai dar... Se mal pergunto, quanto que o senhor paga?

— Pagamos muito bem, em comparação com as outras empresas. Pagamos dois salários mínimos.

— Quá, por tão pouco eu não vou ficar aleijado, não senhor. Pode ser até um salário só, mas quero trabalhar é inteiro...

## Muriçocas

Felizardo andou dando uns giros procurando um novo lugar para morar e trabalhar, que ali no povoado não estava dando mais, não. O serviço era escasso e, quando aparecia, queriam pagar pouco, e ele pretendia ganhar um dinheiro a mais das despesas para fazer um pé-de-meia.

Chegou numa pensãozinha no interior e especulou o preço, se a cama era boa, se não tinha muita muriçoca, que já fazia quase uma semana que ele não conseguia dormir devido às muriçocas com os seus "violinos" estridentes e insuportáveis:

— Aqui tem muriçoca? — perguntou.

— Tem apenas quatro — gracejou o atendente.

— Então tá bom, que quatro muriçocas eu mato com dois tapas.

Quando foi pela manhã, na hora do café, o dono da pensão perguntou-lhe:

— Como é, seu Felizardo, o senhor dormiu bem?

— Quá, seu moço! As muriçocas não deixaram.

— Mas eu falei pro senhor que só tinha quatro, e o senhor falou que não tinha problema, que o senhor acabava com elas com dois tapas! — tornou a gracejar o homem da pensão.

— Não, aquelas quatro muriçocas que encontrei no quarto matei na hora mesmo. Mas se eu soubesse que elas tinham tantos parentes, teria deixado elas em paz, porque o custoso foi aguentar a multidão de muriçocas que veio pro velório — retrucou, também gracejando, Felizardo.

## Quantas férias por ano?

Felizmente, Felizardo encontrou um ótimo emprego de vendedor. Eram produtos de veterinária, mas a falta de traquejo para convencer o negociante a comprar os produtos seria compensada pela prática de lidar com gado, que ele já trabalhou muito tempo como camarada de fazenda e peão de boiadeiro, no tempo em que andava verificando cercas e aceros, com um martelo e uma capanga de arestas, um vidro de creolina, e também um canivete bem amolado, daqueles bons, marca Corneta, de origem alemã, para curar bicheiras e frieiras do gado. Nesse afazer ele ainda procurava nas invernadas bezerros nascidos, que a mãe-vaca sempre escondia a cria. Juntava remédios com benzeções e tudo dava certo.

Pra pegar o emprego teria de fazer um estágio, que consistia em acompanhar o melhor vendedor da firma e aprender com ele como fazer as vendas. Mas o negócio acabou não dando certo, porque Felizardo era honesto, sincero demais da conta, e o vendedor tinha aquela lábia própria dos grandes vendedores. Tem pessoa capaz de vender até picolé e geladeira no Polo Norte. E ele era um deles.

O caso se deu assim: viagens pelo interior, pelas corrutelas mais atrasadas que poderiam existir. Aí, eles visitavam quem pudesse comprar, e o viajante elogiava a paragem, dizendo nunca ter visto lugar tão bonito e mais aprazível, e que ele, quando tirasse férias, iria com a esposa e os filhos passá-las ali. E Felizardo só prestando atenção.

No final do roteiro, já na sede da empresa, Felizardo foi mais do que sincero e honesto, mas muito ingênuo, dispensando o emprego, a ótima colocação.

— Mas por quê?

— É porque eu não gosto de mentira, não sou capaz de mentir.

— Mas quem é que está mandando o senhor mentir?

— Se mal pergunto, quantas férias o senhor tira por ano?

— Uma.

— Uma só?

— Uma só, é lógico, que férias no trabalho só se tira uma por ano!

— E como é que o senhor prometeu passar férias em mais de trinta povoados que a gente andou? Mentir desse tanto eu não dou conta, não!

## Caipira no concerto

Compadre Belmiro, assim que saiu da roça e passou a morar na cidade grande, tornou-se um homem quase social, frequentando festas, principalmente religiosas e do sindicato a que era filiado. E sempre levava o compadre Felizardo. Até a um concerto lírico chegou a levá-lo. Não gostou, é lógico, mas foi.

Gostava mais de *shows* sertanejos. Belmiro falava que a gente precisava conhecer de tudo, que o mundo não era constituído apenas de uma coisa, mas a gente, pra conhecer, precisa ir até a lugares de que não gosta. E foi a esse concerto lírico, no Teatro Goiânia, que eles foram:

— Compadre, o senhor vai me explicando porque só entendo um pouco de toada sertaneja, modas de viola, catira, folia, essas coisas. Dessas chiques eu não entendo, não. Mas, o que é que eles vão consertar aqui?

— É o que nós vamos ver. Eu também entendo pouco das coisas chiques, mas a gente precisa estar em todas, para completar o *curriculum vitae*...

— Compadre, compadre!

— Concertar aqui é tocar com instrumentos finos e cantar gritado.

— E o que é esse currico... vida?

— É custoso de explicar. Quer dizer, é a lista de tudo o que a gente fez e faz na vida. Mas o senhor pode me perguntar, que o que eu sei eu explico.

Tudo bem. Começou o concerto, uma orquestra, o maestro e a soprano, cantora lírica.

Felizardo, muito admirado, prestava atenção redobrada em tudo. Ficou muito encabulado de não entender nenhuma palavra do que a cantora cantava. Aí, perguntou:

— Compadre Belmiro, por que aquele fulano que tá de luto, que mais parece um pinguim, quer bater na mulher com aquela vara?

— Compadre, aquilo não é vara, não! Aquilo é a batuta do maestro, que aquele que tá com ela não é um fulano qualquer, é um maestro.

— Uai, compadre, se ele não tá batendo na moça, por que ela tá gritando daquele tanto?!

## Chope pela primeira vez

Compadre Belmiro satisfez um grande desejo do Felizardo: experimentar chope, do qual tanto ouvia falar, mas de que nunca tivera a oportunidade de tomar ao menos uma tulipa.

Os dois compadres sentaram-se à mesa, e veio a primeira rodada: um chope pra cada um. O trato, porém, fora da companhia de Belmiro apenas no primeiro, que ele tinha compromisso inadiável. Tudo bem, Felizardo ficou só. Mas o caso, que Felizardo não sabia, era que o compadre Belmiro estava sem dinheiro e, como anfitrião, teria, por lógica, de pagar a conta. Deu uma de malandro com o seu ingênuo compadre:

— Compadre, o senhor fica aí e, se eu desocupar mais cedo, ainda volto aqui.

— Pode ir sossegado, compadre, que eu tenho dinheiro e sei do caminho.

Como todo roceiro, que não tem nada de bobo, Felizardo bateu o maior papo com o garçom, vindo este a saber que o capiau estava tomando chope pela primeira vez.

Tomou umas cinco tulipas, cada uma acompanhada de uma rodela de papelão, tipo pires, que, além de servir de aparadouro, marcava os chopes consumidos. Os copos vinham com bastante espuma, tudo à moda, como deve ser tirado um bom chope. Na hora de Felizardo pagar a conta, o garçom não viu as rodelas, achou que ele iria levá-las como lembrança, recordação, e perguntou:

— Como é, o senhor gostou do chope?

— Gostei só do chope, que tem gosto de cerveja, e eu gosto muito de cerveja, mas as bolachas de tira-gosto não gostei, não, que elas têm gosto é de papelão!

## O veneno

Felizardo estava sentado no fundo do bar, desolado, arrasado! Quis pôr fim à vida e comprou veneno de rato, daqueles que matam na hora. Pediu uma dose reforçada de cachaça e colocou o veneno dentro do copo. Ficou pensativo e sem nenhuma pressa de morrer. Talvez algum bendito amigo chegasse ali e o dissuadisse do intento macabro.

Amigo não chegou nenhum, quem chegou foi um valentão, perguntando se ali tinha homem macho pra topar com ele. Começou pelas mesas, bebendo nos copos dos outros e querendo saber se tinham achado ruim, no que todos respondiam que não, que acharam até muito bom, *et cetera* e tal...

Aí, beirou a mesa do Felizardo, foi passando a mão no copo dele e bebeu a dose de uma talagada, uma vezada só, cuspiu, lambeu os beiços e perguntou:

— Achou ruim?

— Achei ruim demais da conta! Tô todo perdido na vida, perdi o emprego, a minha mulher me deixou, levou os meninos, descobri que o irmão Romualdo é *gay* e a minha irmã Zulmira foi pro bordel fazer vida. Aí, então, arrebanhei um restinho de um dinheirinho, comprei veneno daquele brabo de matar na hora, pus o veneno nesse copo de cachaça, pr'eu morrer de imediato, e vem o senhor com essa valentia toda e bebe o meu veneno?! Como é que eu vou morrer agora?!

## O vaso sanitário

Felizardo foi à Festa de Trindade pagar uma promessa em louvor ao Divino Pai Eterno. Conseguiu uma vaga numa das pensões modernas de lá, com banheiro dentro de casa e com vaso sanitário, que as demais pensões tinham era latrina, "casinha" no fundo do quintal, quando não no meio das touceiras de bananeiras. Ele, quando entrou no sanitário, ficou sem saber onde fazer xixi e mesmo evacuar, porque seria impossível fazer naquele vaso branquinho de porcelana, tão limpinho e até cheirozinho. Já havia dado uma volta pelo quintal, mas sem ver nada, nem "casinha" nem moita de bananeiras. Curioso, puxou a cordinha da caixa de descarga e ficou admirado em ver o aguão que jorrou no vaso fazendo aquele barulhão, que o assustou muito. Aproveitou para lavar as mãos, mas a água parou de jorrar. Aí, ele deu nova descarga, puxando a cordinha. Lavou rapidamente as mãos, que a mãe havia lhe ensinado a lavar as mãos antes das refeições. O xixi ele podia deixar pra depois, mas lavar as mãos, ainda mais que cumprimentou, pegou na mão de muita gente, era obrigação, ensino de mãe. Mal deu tempo de lavar e a água acabou novamente. Ficou muito preocupado e, pra ser útil, avisar os que fossem lá, roceiros como ele, postou-se à porta da pensão:

— *Adonde* é que a gente lava as mãos, moço? — perguntou um romeiro.

— É ali naquele quartinho de parede de azulejo. Mas tem um porém: é puxar a cordinha e lavar depressa, que a bacia é furada!

## Vendedor de melancias

Felizardo não tinha lá muito jeito pra vendedor, era muito nervoso, de estopim curto e paciência idem. Assim mesmo, fazia de tudo, principalmente vender picolé no carrinho, que ele empurrava, suado, pelo povoado todo, sem poder degustar alguns para não diminuir o ganho. Doces ele também sempre vendeu, mas era na bandeja. Felizardo, um verdadeiro pau pra toda obra, fazia de tudo ali na corrutela. Mas que não lhe enchessem o saco, senão levavam troco, apesar de ser muito educado e meio ingênuo, mas, algumas vezes, malcriado com as pessoas. Por qualquer mau entendimento dava o troco.

Certo dia, chegou, de Uruana, um caminhão carregado de melancias que começou a distribuir para os vendedores, que até os carrinhos o caminhão trazia. Os vendedores vendiam, voltavam para recarregar e ir vender mais.

Felizardo saiu anunciando, gritando, todo manso:

— Olha a melancia, é da roça e é fresquinha. Vendo inteira e vendo talhada também! Comi dela ind'agorinha e achei boa! Pode comprar que é boa e é barato!

Aí, um rapazote fez uma pergunta muito natural, mas Felizardo, achando que ele estava troçando, ficou intrigado e até foi entregar o carrinho sem ter vendido nenhuma fruta. Foi assim:

— Olha a melancia, ela é da roça e tá fresquinha...

O cara perguntou:

— É doce, moço?

— Que doce, o quê, rapaz! Não tá vendo que é melancia?

— Eu estou perguntando, quero saber se é doce!

— Doce uma ova! É melancia, não tá vendo, não? Se fosse doce eu não tava gritando "ó a melancia", eu tava gritando era "ó o doce"!

## Caminhão infrator

Felizardo acabou de fazer a feira, juntou o que sobrou das vendas e ficou encostado num caminhão estacionado ao lado, em lugar proibido. Alguém telefonou, e veio o guincho da central de trânsito para rebocar, guinchar o veículo infrator. O motorista do guincho perguntou a Felizardo, que já estava quase sentado no capô do caminhão:

— Por que o senhor não tirou o caminhão daí? Sabe que vai dar muito trabalho para nós da central e para o senhor também?

Felizardo, bastante paciencioso e se dando muito valor, achando-se muito importante por estar informando, conversando com um oficial do trânsito, explicou detalhadamente:

— O senhor vai me desculpar, mas eu não tirei o caminhão daí por três motivos, seu guarda: um, que eu não tenho a chave; o outro é que eu não sei dirigir caminhão, só sei guiar carroça de animal e carrinho de mão de construção; e o último, o principal deles, é porque o caminhão não é meu...

## Quebra-mola

Felizardo teve um ano de bons negócios, graças a Deus, e pôde realizar um grande sonho da sua vida, que era ter um automóvel. Comprou um Fusca, já bem velho, mas ainda andando. Rodou bastante com ele, no maior do entusiasmo e com muito sucesso pelas estradas ou caminhos vicinais de terra.

Num domingo, a rodovia asfaltada tinha pouco movimento, e ele arriscou dar uma andada de uns quilômetros no tapetão preto, muito bem sinalizado, que a estrada estava recapada.

Ia muito devagar e prestando o máximo de atenção em tudo, nos veículos que vinham e que iam, observando todas as placas de sinalização para evitar qualquer problema. Ficou meio confuso quando viu a placa "DEVAGAR QUEBRA-MOLAS". Então, ele acelerou o Fusca e, no primeiro quebra-molas, levou um tranco danado, quebrando as molas do carrinho. Voltou devagarinho, mesmo com as molas quebradas, e, pensando em ser útil para que outras pessoas não caíssem na armadilha do trânsito, foi em casa, voltou com tinta e pincel e acrescentou na placa: "E DEPRESSA TAMBÉM".

## O latifúndio

Felizardo, agora dono de um sitiozinho, encontrou o seu vizinho gaúcho montado em um belo cavalo, e ele, Felizardo, montado na sua égua de puxar carroça. Sempre que se encontravam, paravam pra conversar, bater um papo, que gaúcho gosta muito de prosear, jogar conversa fora, gente muito trabalhadeira e animada. Gostar de festa desse tanto nunca se viu!

Começada a conversa, os animais se acarinhando, esfregando o pescoço um no outro, o gaúcho, bem falante, falava da sua grande propriedade que comprara em Mato Grosso. Disse que, pela madrugada, arriou um cavalo pantaneiro e foi percorrer as suas terras, conhecer as divisas, tomar conhecimento da sua nova propriedade. Depois de muitas vantagens contadas, falou:

— Acontece que eu saí assim que o Sol foi nascendo e, quando chegou de tarde, o Sol querendo entrar no horizonte, o senhor, seu Felizardo, não acredita que eu ainda não tinha chegado no meio das minhas terras?

— Acredito, sim, seu gaúcho. Acredito demais da conta! Eu também já tive um cavalo ruim pra andar da moda desse do senhor!

## Mula queimada

Qualquer pessoa da zona rural sabe que "queimado" é cor de animal, principalmente de equinos e muares. Na rodovia GO-164, no entroncamento que vai para Aruanã, no rio Araguaia, fica a cidade de Araguapaz, que já se chamou Cavalo Queimado. Não se sabe se era a cor do cavalo ou se um cavalo fora queimado ali.

A história, aqui, é que um homem estava campeando o seu animal. Tinha percorrido o dia todo e nada de encontrá-lo. Já bem de tarde encontrou-se com Felizardo:

— Seu Felizardo, o senhor não viu a minha mula queimada por aí, não?

— Uai, acho até que vi.

— *Adonde*, perto daqui ou muito longe?

— Não fica muito longe, não. É ali até pertinho. Na beira do *córgo* tem um montão de cinza, decerto deve ser da sua mula que queimou...

# Júri cavalar

Muita gente pensa que roceiro é bobo, mas tem roceiro que dá nó em goteira e ainda esconde as pontas. O roceiro Felizardo sempre punha em prática o que aprendia, fazendo, às vezes, comparações geniais e sempre aceitas, devido a sua simplicidade e "ingenuidade".

Certa vez, um cavalo de meia-raça do vizinho danou a arrombar a cerca pra ir cobrir uma égua desraçada de Felizardo que puxava a carroça. Felizardo punha o cavalo pra fora, consertava a cerca e avisava o dono, que dizia não ter nada com isso e ainda o aconselhava a reforçar a cerca. Por mais que Felizardo reforçasse a cerca, não adiantava, que cerca nenhuma segura um garanhão quando tem égua no cio. Acabou foi a égua parindo um lindo e raçudo poldrinho. Aí, o dono do cavalo queria porque queria o poldrinho, alegando que era dele. Felizardo entestava, também alegando que a cria lhe pertencia.

Foram parar na Justiça. Como o dono do cavalo era influente na política da cidade, tudo levava a crer que Felizardo iria perder a parada.

No dia da audiência, quando Felizardo foi chamado para depor, em vez de passar pela cancela do gradeado de balaústres que separa a Corte e a Assembleia, ele saltou a cerca. O juiz deu-lhe a maior bronca:

— O senhor, com todo o desrespeito, está invadindo a privacidade desta Corte! Vou mandar prendê-lo e dar ganho de causa ao seu adversário.

— Uai, seu doutor, se eu não posso pular essa cerca daqui, como é que o cavalo do meu vizinho pôde arrombar a cerca da minha propriedade, enxertar a minha égua, e ele querer tomar o meu poldrinho, que é meu por direito, e ainda me fazer vir aqui pra ser repreendido e o senhor bradar comigo?

Foi uma salva de palmas geral, e o juiz, pressionado, acabou dando-lhe ganho de causa.

## Carta a Jesus

Felizardo, sempre em dificuldade de vida, faltando-lhe as coisas primordiais à família, resolveu escrever uma carta para Jesus Cristo, pedindo dois mil reais e explicando como iria aplicar o dinheiro. Endereçou: Senhor Jesus Cristo — Céu. Como o céu não tem CEP, os funcionários do Correio resolveram ler a carta, porque estão acostumados a receber milhares de cartas assim, a maioria para Papai Noel, mas para Jesus Cristo, aquela era a primeira, por isso a curiosidade em lê-la. O pedido era comovente, apesar de a carta ser mal escrita. Ficaram comovidos e resolveram fazer uma vaquinha e arrecadar o dinheiro, que seria entregue em nome de Jesus.

Conseguiram juntar mil e quinhentos reais, não só do bolso deles, mas também de clientes do Correio. Colocaram em um envelope azul, da cor do céu, com o remetente: Jesus Cristo — Céu — CEP 10000-000.

Felizardo ficou mais do que feliz, mas achou que não estava certo, pois Jesus devia ter muito dinheiro, que pelos seus direitos autorais aqui na Terra ele deve receber milhões, pois é o nome mais vendido no planeta. Não restava dúvida de que Jesus era o judeu mais rico do mundo. E o negócio não estava certo; estava cheirando a desonestidade, cheirando a roubo. Estavam faltando quinhentos reais.

Escreveu uma nova carta a Jesus para agradecer, mas fazendo uma advertência: "Meu bom Jesus Cristo, da próxima vez não mande o dinheiro pelo Correio, não. Lá só tem ladrão!".

## Fatura na oficina

Como bem diz a sabedoria popular: "Deus tira os dentes e abre a goela". O nosso cérebro é dividido em departamentos, cada um com a sua função. Há pessoas que nascem com problemas sérios, principalmente quando, na hora do parto, falta oxigênio no cérebro, e ficam com certas deficiências, mas ganham em outro departamento: há pessoa assim, que adivinha, sabe certinho quando caem os dias das semanas em centenas e até milhares de anos.

Felizardo é tido como ingênuo, mas a sua capacidade para mecânica é extraordinária, o seu departamento cerebral nesse sentido funciona muitíssimo bem. Montou uma pequena oficina só para resolver problemas que nenhum outro mecânico consegue.

O dono de um Mercedes-Benz, último tipo, importado, morador em São Paulo, percorreu todas as agências das grandes capitais, mas ninguém descobria o defeito que apareceu no carro. Indicaram-lhe o mecânico Felizardo, em Goiânia. O proprietário do superveículo colocou o Mercedes num caminhão e veio parar na humilde oficina do Felizardo. O paulista, quando viu a insignificância da oficina, achou que tinha perdido a viagem. Vai daí, Felizardo examinou o carro tintim por tintim. Mandou que o cliente voltasse dali a duas horas, que ele iria comprar uma arruela na agência, porque o defeito estava na arruela. O freguês ficou satisfeitíssimo, pois estava acostumado a pagar quantias elevadas, cansado de ser roubado.

Quando voltou, testou o carro e achou-o perfeito, como de fato estava. Foram acertar a conta e o homem deu a bronca:

— Mas 800 reais, como? Se o senhor só colocou uma arruela que não deve ter custado nem cinco reais?

— De fato, a arruela custou somente três reais.

— Então? Por que 797 só pra colocar uma simples arruela?

— Se o senhor quiser, eu tiro a arruela.

— Não, pelo amor de Deus! Não tira a arruela, não!

Aí recebeu a nota com a devida explicação e pagou bonitinho, não teve por onde escapar:

1 arruela = $ 3,00

Saber o lugar de colocar a arruela = $ 797,00

# Culpado livre

Sempre o fazendeiro, vizinho de Felizardo, questionava com ele, como no caso do cavalo de raça e a égua desraçada. Desta vez, foi por causa de uns porcos que estavam estragando o mandiocal. Felizardo matou dois deles, mas não os aproveitou, que ele não era ladrão. Matou-os e jogou-os do lado de dentro das terras do fazendeiro.

Não deu outra: recorreram novamente à Justiça. O fazendeiro, como se sabe, muito influente na política, tinha tudo pra ganhar a causa, e o seu vizinho, o Felizardo, pobre e desinfluente, tinha tudo pra perdê-la. O juiz, achando a causa banal, sugeriu que fossem escritos dois papeizinhos: "CULPADO" em um, e "LIVRE" no outro. Se Felizardo tirasse o "LIVRE", estaria livre de pagar os porcos. Mas, se tirasse o "CULPADO", teria de pagá-los. Mandou o secretário escrever os dois papeizinhos. Ora, Felizardo sabia que esse secretário estava mancomunado com o vizinho fazendeiro e escreveria "CULPADO" em ambos os papéis, então, resolveu ouvir seu sexto sentido. Pegou um, ambos enroladinhos, toda a galera torcendo para ele sair livre, que o seu antogonista era por demais arrogante, e também sempre se torce para o mais fraco. Não o desenrolou; meteu-o na boca e o engoliu. O juiz, que talvez estivesse de acordo com a sacanagem, deu-lhe aquela censurada por ter engolido o papel e abriu o outro, sabendo, decerto, de antemão, o que continha: "CULPADO".

O "LIVRE" Felizardo engoliu. Houve uma ovação e até o juiz cumprimentou-o pela sagacidade, justo Felizardo, que tinha fama de ingênuo.

## Retratos de família

Há gente que tem a mania de fuxicar na vida dos outros, por vezes até por meio de ofensas. Felizardo tinha na parede os retratos reproduzidos do pai, da mãe e do burro que ajudou muito a família, pois foi o faz-tudo no sítio.

Certo dia, chegou lá em casa um sujeito metido a especula e gozador. Foi muito bem tratado pelo dono da casa, mas Felizardo já estava perdendo a paciência com o dito-cujo, que só criticava e procurava desmerecer tudo o que via. Quando chegou à sala de visitas, o tal perguntou, olhando os retratos na parede:

— Esse deve ser o seu pai.

— É ele mesmo.

— Essa deve ser a sua mãe.

— É ela mesmo.

— E esse aqui — apontando para o retrato do burro — é parente próximo, faz parte também da sua família?

— Não, senhor — respondeu Felizardo —, isso aí não é retrato, é espelho...

## Peixe na telha

Essa que aconteceu com o Felizardo foi demais! Ele deve ter feito por gozação, não é possível ser tão inocente, tão ingênuo. Um dos pratos mais famosos em Goiás é o peixe na telha, concebido pelo autor deste livro e pelo cozinheiro, Professor Aldair Aires.

Compadre Belmiro, que dessa vez tinha dinheiro, convidou Felizardo para irem ao restaurante Forno de Barro, para apreciar um peixe na telha, o que foi aceito com muito gosto. Mas Felizardo, sabendo que não iria pagar, pois quem convida é quem paga, tentou colaborar, ser gentil de alguma maneira. Chegou à casa do compadre com uma escada às costas.

— O que é isso, compadre, pra que essa escada?

— Uai, compadre Belmiro, a gente não vai comer o peixe na telha? E se lá não tiver escada pra nós, se tiver tudo ocupada?

## Rancolho

Gente da cidade não deve saber, mas todo roceiro sabe que boi rancolho é o que tem apenas um testículo. Perguntaram pra várias pessoas e ninguém soube responder o que era um animal rancolho. Quando chegou a vez de Felizardo, ele matou na hora:

— Você sabe, Felizardo, o que é um boi rancolho?

— Sei demais da conta: é o que tem só um bago no saco.

— Pois eu tenho um boi — querendo fazer um pega ao roceiro — que só tem um testículo do lado esquerdo e não é rancolho.

— Sei como é: então é porque o outro bago tá do lado direito, tá não?

## Onde ficam essas terras?

Hoje em dia os sitiantes vendem as suas pequenas propriedades e vão para a cidade, alegando necessidade de educar os filhos: "Não quero que o meu filho seja ignorante como eu", dizem. Substituem o cavalo pela bicicleta, enfrentam o desemprego e trocam a fartura das tulhas pelos quilinhos das vendas das pontas de rua. E, assim, todas as propriedades rurais de um grande círculo das cidades grandes acabam nas mãos de comerciantes e profissionais liberais.

Felizardo, quando ainda não tinha filhos, não pensava em vender o seu sítio, mas ficou sendo informante de terras e até recebeu algumas pequenas comissões por isso.

Aparecera um comerciante da cidade interessado em comprar umas boas terras, para quem informaram que Felizardo, no seu quieto, sabia de muitas.

— O senhor, seu Felizardo, sabe onde eu posso comprar um sítio de terras bem boas e bem baratas?

— Sei demais da conta! Eu sei de um sítio que o dono quer vender e vende barato.

— E é muito longe, seu Felizardo?

— É bem perto daqui, quer dizer, bem perto mesmo daqui não tem mais terra boa da moda dessas que o senhor tá querendo, mas, não muito *arretirado* daqui, tem um sítio de terras muito boas, que sei que o dono quer vender e vende baratinho mesmo.

— E onde que ficam essas terras tão boas e baratas, seu Felizardo?

— Ora, pois — respondeu, ingenuamente, Felizardo. — Fica dentro do sítio, uai!

## Aprendendo com os mineiros

Felizardo é goiano roxo, do pé-rachado, quer dizer, autêntico goiano, mas tem muito de mineiro. Não era como o Vicente, o homem que não teimava, que se dizia metade mineiro e metade goiano porque, quando veio de Minas Gerais, pesava trinta quilos e depois, em Goiás, estava com sessenta. Felizardo tinha algumas matreirices de mineiro. Era como mineiro quando andava em magotes, quer dizer, em grupos de pessoas pelas fazendas à procura de festas e divertimentos outros. No tempo da seca, ele ia na frente, que quem vai atrás come poeira. No tempo das águas, das chuvas, com barro pelo caminho, ele ficava atrás, porque os da frente amassavam o barro com os pés e os do meio faziam o modo de passar, sem perigo de escorregar e se lamear, e quem ia atrás, por último, que era o caso do Felizardo, achava o caminho mais seguro. E, se houvesse porteiras pelo caminho, ele ficava no meio, porque quem vai na frente abre e quem vai atrás fecha.

Bom mineiro, bom matreiro. Bom goiano não cai em engano.

# Passageiros de jardineira

Depois do Fusca, Felizardo conseguiu comprar uma jardineira bem velha e com uma linha entre fazendas de estradas, aliás, caminhos apenas carroçáveis, mas a jardineira tinha de passar... e passava! Asfalto? Só no sonho!

Felizardo estava sempre astuciando as coisas, as maneiras de proceder, e até negando a fama de ingênuo. Havia hora que ele era, confirmadamente, ingênuo, mas em nada que o prejudicasse.

Como era tempo das águas e as estradas eram só atoleiros, ele estabeleceu uma tarifa diferenciada para os passageiros: primeira, segunda e terceira classes.

— Mas como, seu motorista, três classes, se a jardineira não tem separação e os lugares, os assentos são todos iguais? Não vejo diferença alguma!

— O senhor não vê, mas tem e é muita diferença. Na hora, durante a viagem, o senhor vai ver se tem diferença ou se não tem.

E, de fato, o passageiro pôde ver, pois o coletivo ficava mais parado do que andando.

Começo de viagem. Lotação completa, passageiros pagantes com passagens de primeira, de segunda e de terceira classes, e preços diferenciados, é claro! Todos reclamavam; aliás, todos, não, somente os de primeira e de segunda, que os de terceira não reclamavam nada, não havia o que reclamar, pois estavam sendo beneficiados. Felizardo respondia que, na hora certa, iriam ver a diferença.

Quando se deu a primeira atolada, que o motor girou forte, os pneus deslizaram no barro até sair fumaça, Felizardo deu a ordem:

— Os passageiros de primeira classe permaneçam sentados nos seus lugares. Os de segunda desçam e aguardem de lado. Agora, os de terceira classe descem e empurram a jardineira.

E, olhando para os passageiros de primeira e de segunda, perguntou:

— Tem diferença ou não tem?!

## Testemunhas de Jeová

Felizardo, sempre muito curioso, era só ver algum ajuntamento, beirava e ficava interessado em ouvir, pra se certificar do que se tratava. E, numa tarde, voltando da obra onde era servente de pedreiro, pedalando a sua velha bicicleta, viu, lá à frente, na pracinha, que se resumia em uma rotatória, um aglomerado em volta de um homem vestido de terno preto e camisa com punhos abotoados, em cima de um caixote, com um livro também preto na mão, gesticulando e falando alto, olhando pra cima como coisa que estivesse falando com algum santo lá de riba. Era um pregador do Evangelho que se dizia testemunha de jeová. Felizardo foi chegando e encostou a bicicleta, o pedal apoiado no meio-fio e o pé, na calçada. Ficou apreciando, procurando entender o que o homem falava com tanta eloquência. O pregador, vendo-o chegar, apontou para ele e disse:

— O senhor também vai ser testemunha de jeová!

Aí, Felizardo, ingenuamente, pensou lá com os seus botões:

"o que é que esse tal de Jeová aprontou pra precisar de tantas testemunhas?". E retrucou:

— O senhor vai me desculpar, mas eu tô chegando agora e nem vi a briga!

## O tamanho do cheque

Felizardo tinha pavor de banco, desde que o pai perdeu as suas poucas terras que vinham da herança do avô. Além disso, ele nunca teve condições de abrir uma conta bancária. E, se quisessem deixá-lo de mau humor, era só pagar-lhe com cheque. Não gostava nem de passar em porta de banco. Mas havia vezes, que as vezes sempre existiram, sempre acontecem, que o único recurso era mesmo aceitar o pagamento em cheque, como na companhia construtora onde trabalhava, que pagava os funcionários somente com cheque. Antes não era assim, mas, depois que a firma foi assaltada por duas vezes, os bandidos tendo levado todo o dinheiro do pagamento, a companhia passou a efetuar todos os pagamentos com cheque. A desvantagem é que, quando os empregados iam descontá-lo, somente os supermercados aceitavam, mas não devolviam o troco, o freguês teria de gastar o cheque integral.

Pois, então, vai um dia, Felizardo, com um cheque na mão, fugindo dos supermercados, pediu para o dono da venda onde ele sempre comprava para que descontasse o seu cheque, que era garantido, de firma boa, da companhia construtora. O comerciante perguntou, pra ver se tinha disponibilidade em caixa pra descontá-lo:

— Seu Felizardo, que tamanho é o cheque?

Felizardo, satisfeito, inocente ou ingenuamente, abriu as duas mãos e, aproximando-as, deu a medida:

— É deste tamanhico aqui, ó!

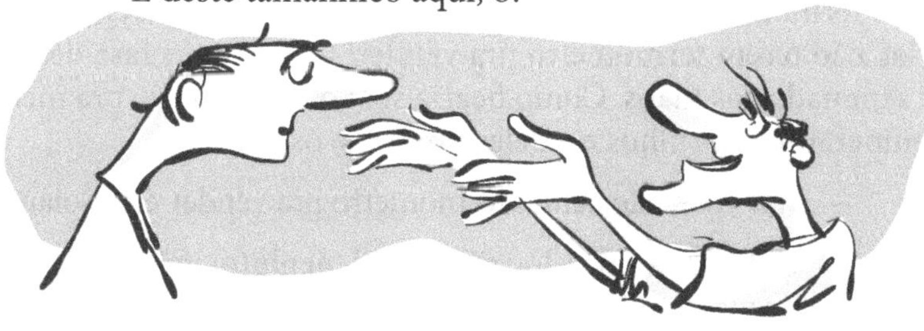

# Termômetro colorido

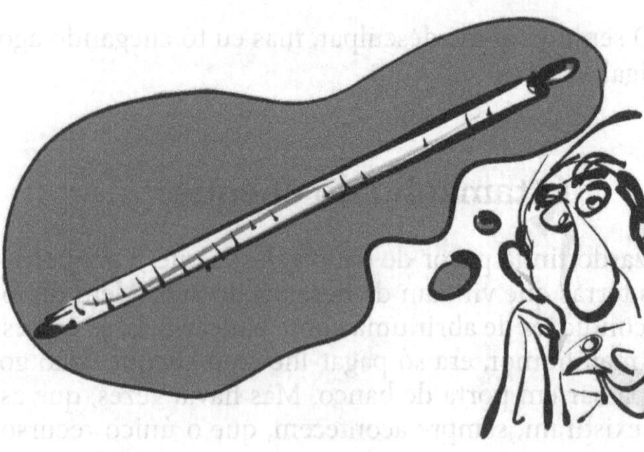

Essa foi demais! Mas como evitar que as coisas aconteçam quando a pessoa não tem malícia e vai pelo ímpeto da coisa, pela emoção do momento?

Pois, então, vamos lá! A saúde pública estava em palpos de aranha devido ao boato de uma epidemia, um surto de febre amarela. A imprensa, o rádio e a televisão punham o povo em alerta: "Cuidado com a febre amarela! Ela mata!", "Vacinem os seus filhos", "Evitem a epidemia!". O certo mesmo era ter um termômetro em casa para ir medindo a temperatura, principalmente das crianças. Febre amarela! Era só de que ouvia falar.

Malvina enfiou na cabeça do Felizardo que ele deveria comprar um termômetro pra medir a temperatura dos filhos, que a febre amarela estava se propagando muito, por demais da conta, e era morte na certa.

Felizardo rodou que rodou por toda a cidade e não conseguiu o termômetro que ele procurava. Absurdo as farmácias e drogarias não terem termômetro pra vender! Chegou em casa desolado, sem nada nas mãos. Como ficaria sem o termômetro pra medir a temperatura dos filhos e a deles próprios, os pais?

— Mas você não achou termômetro pra vender em Goiânia?

— Colorido, amarelo, não achei nenhum, não, Malvina. Agora, cor de vidro todo lugar tinha...

# O futuro venturoso do filho morto

Felizardo não tem quase nenhum estudo, mas é superinteligente, tanto é que faz tudo para não deixar os três filhos sem estudar, uma menina-mulher e dois filhos homens. O Sebastiãozinho, o mais velho deles, de dez anos, pegou uma infecção hospitalar e acabou morrendo. Como o pai era muito estimado, o velório foi superconcorrido, todos elogiando a inteligência do menino morto. E ao velório, após um certo tempo, vem a turma dos CCC, dos comes e bebes, que até perde o respeito, gaiatos contando piadas indecorosas.

Um deles era o Bernardo, um velhote debochado, que estava sentado bem de frente para todos, com a braguilha aberta. Aí, alguém o avisou, mas para passar vergonha nele, pois falou bem alto para todos escutarem:

— Ô Bernardo, a sua braguilha tá desabotoada, cuidado, hein?!

O velhote, sem se importar em abotoar a braguilha, em fechá-la, respondeu:

— Em quarto de velório não se fecha a porta!

Então, um outro, pra acabar de anarquizar, arrematou:

— O caso é que passarinho morto não foge da gaiola!

Como está se vendo, tem gente sem respeito que vai a certos lugares só pra fazer gozação e, quando acaba de comer e beber, cai fora. E lá pelas tantas da madrugada só ficam uns gatos-pingados, gente da família e velhos amigos.

Mas a coisa ainda não termina por aqui. Tem também os louvadores que enaltecem os defuntos. Quer ser elogiado? Morra!

Uma senhora que nunca vira a criança que morreu ficou fazendo drama, elogiando a inteligência do mortinho, dizendo que ele, se não morresse, quando crescesse seria uma pessoa muito importante, até um deputado.

Aí, Felizardo, sonolento, mas desperto pelo elogio ao filho, perguntou:

— Deputado estadual ou federal, dona?

# Sestro

Sestro é um vício crônico em certas pessoas e fácil de ser encontrado em quase todo mundo. É bem custoso uma pessoa não ter um sestrozinho. Uns repuxam a cabeça, outros piscam sem parar, mais outros repuxam a boca... Felizardo tinha o sestro de rodar o café no fundo da xícara, nos últimos golinhos, que é o pojo, que pojo é o restinho de quase tudo o que se bebe, tanto no leite que se tira da vaca como a última passada do bagaço da cana pra sair a garapa.

Compadre Belmiro já era um cidadão bem-educado, gostava de levar o seu compadre Felizardo a todos os lugares, principalmente aos mais finos, se bem que mais pra se mostrar, é verdade, mas avisava-o pra ter cuidado no modo de proceder, principalmente na hora de comer, que é ao comer que se vê a educação da pessoa. E esse negócio de girar o café rodando a xícara, nem de leve, é que as pessoas gostam de reparar nos roceiros pra criticar. E olha que Belmiro também já foi roceiro, cheio de trejeitos, mas que superara todos e agora era um homem "social". Deixasse as coisas da roça lá pra roça, mas aqui na cidade, não.

E foram, os dois, a uma reunião em casa de um amigo de família muito chique, muito educada, dos pais aos filhos.

Depois dos comes e bebes, veio o arremate clássico, finalizado pelo cafezinho cheiroso, em xícara de porcelana chinesa, das mais finas louças do mundo.

Belmiro chamou a atenção do compadre pelo sestro. Mas acontece que o tal vício é uma tentação. A pessoa que tem o sestro fica louquinha se não fizer o que o sestro exige.

Café na xícara, o casal ali rente com os cinco filhos, todos interessados na conversa ingênua do roceiro e no reparo dos dois visitantes. O café do Felizardo já lá no fundo da xícara, e ele doidinho pra rodar o líquido fazendo o movimento de rotação com a xícara, pra misturar o restinho. Compadre Belmiro de olho nele, vigiando, como a dizer: "Cuidado, compadre! Não dá rata, não!".

Foi indo, o restinho do café ali atentando, até Felizardo não aguentar mais de vontade de rodar a xícara. Mas, mesmo assim, bastante astucioso, começou a rodar, o compadre levou aquele susto, que só se aliviou quando Felizardo, em direção às crianças, perguntou, fazendo o movimento rotativo da xícara:

— Todas essas crianças são filhos de vocês?

E tomou o seu restinho de pojo bem rodadinho, delicioso, bom demais da conta!

## Licença de pesca

Felizardo, pescador inveterado, algumas vezes faz-se de ingênuo pra se sair bem, embora calcado na mentira, aliás, coisa muito própria dos pescadores. Ele se saiu muitíssimo bem uma vez, com um cachimbo e com o fiscal do Ibama. Os fiscais do Ibama eram fregueses dele. A primeira vez foi com o cachimbo, e a segunda, relacionada com a licença de pesca, que desta vez ele tinha, foi assim...

Estava Felizardo ferrando bons peixes no rio dos Bois, quando chegou o fiscal:

— Bom dia, amigo!

— Bom dia, seu doutor, e bom dia, seus soldados — que o fiscal sempre anda acompanhado por policiais.

— O senhor está pescando, não é?

— Tô pescando, sim senhor.

— Está bom pra pescar aqui?

— Não tá ruim, não senhor.

— O senhor tem a licença de pesca?

— Tenho, sim senhor.

— Eu poderia vê-la?

— Pode, sim senhor.

E Felizardo retirou dos seus pertences um papel todo amarrotado e partido em vários lugares, que o fiscal teve dificuldade em ler, quando exclamou:

— Mas essa licença está vencida, é do ano atrasado!

— É do ano atrasado mesmo, sim senhor.

— Então, o senhor não está legal, está infringindo a lei!

— É justamente pra não *infligir* a lei que não tirei licença nova, do ano.

— Como assim? Explique-se.

— Sim senhor. Vou explicar direitinho pro senhor. A lei não obriga o pescador a pegar peixe só dentro das medidas?

— Exatamente.

— Pois é o que eu tô fazendo, pode olhar e medir esses aí que eu peguei, que tão todos dentro das medidas da lei.

— Mas o que é que tem a ver uma coisa com a outra?

— Uai, seu fiscal, tem muita coisa! O senhor acha que peixe desse ano vai ter o tamanho que esses aí têm? Como o senhor muito bem pode ver, eu só tô pescando peixe do ano atrasado, justamente do ano da minha licença... Sou homem que só ando dentro da lei, seu fiscal!

## Trampolim

Com tantas visitas à casa do seu compadre Belmiro, em Goiânia, Felizardo foi se transformando em um homem "social", como acontecera com Belmiro, que, como é muito natural, achava bom parecer-se importante ao amigo, pois também viera da roça. Só que, residindo na cidade grande, com o tempo evoluiu mais do que o seu compadre.

Neste dia, eles foram ao clube do qual Belmiro era sócio, um clube enorme, formado por milhares de sócios.

Muitos pais recomendam aos filhos não usarem as piscinas, embora elas sejam a melhor parte do clube. O motivo é porque muitos banhistas não saem pra fazer xixi nos sanitários, fazendo ali mesmo, dentro d'água.

Neste clube, o diretor havia mandado colocar um produto químico nas piscinas, que avermelhava a água no local da urinada, o que deu certo, moralizando o clube. Mas aconteceu que a Saúde Pública vetou o adicionamento do produto por considerá-lo nocivo à saúde dos frequentadores. Aí, o coreto voltou a ser bagunçado, todo mundo xixizando n'água.

Assim que chegaram, Felizardo ficou encantado em ver tantas mulheres sumariamente vestidas ou desvestidas, muito mais bonitas do que as da lagoinha do jacaré.

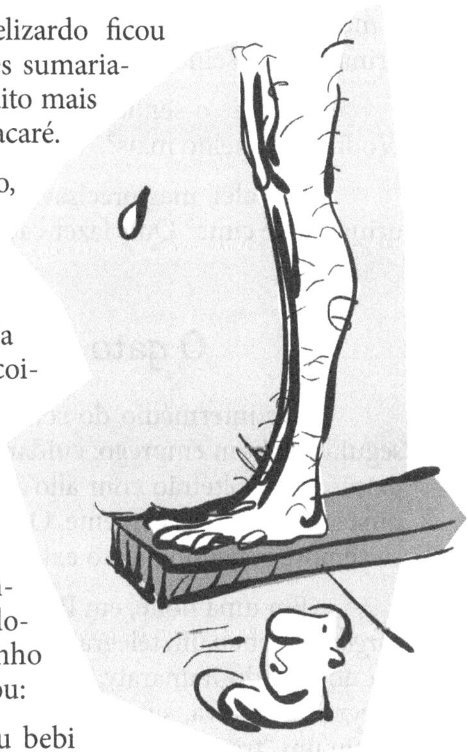

— Uai, compadre Belmiro, uma lagoa boa do tanto dessa daqui eu ainda não tinha visto!

— Pois é, compadre, e isso ainda não é nada. Nós ainda vamos passear à ufa por aí e ver coisas muito melhores do que a gente tá vendo aqui.

— Devera, compadre?!

— O senhor vai ver.

Depois de beberem bastante cerveja, foram pro vestiário colocar os calções de banho. No caminho para a piscina, Felizardo perguntou:

— Compadre Belmiro, eu bebi muita cerveja. E se me der vontade de urinar, *adonde* é que eu vou?

Belmiro já estava também meio passado na cerveja, mais pra lá do que pra cá, e falou:

— Mija aí dentro, mesmo!

— Dentro da piscina, compadre?

— É, aí dentro mesmo, que ninguém vai notar, que agora não tem mais o produto vermelho.

— Produto vermelho? Não é sangue, não, compadre?

— Que sangue, compadre! Mija aí mesmo.

Divertiram-se bastante, até se separarem, Felizardo arranjando amizades e muito entusiasmado com a mulherada. Quando estavam se vestindo para irem embora, Belmiro foi conduzido à diretoria do clube e ameaçado de ser expulso como sócio.

Então, chamou a atenção do compadre Felizardo, contando o motivo de ter sido ameaçado de expulsão: seu convidado tinha urinado na piscina.

— Mas o senhor não me falou que podia? Que não tinha produto vermelho mais?

— Falei, mas precisava do senhor subir no trampolim pra urinar lá de cima? Quis fazer cachoeira, é?!

## O gato subiu no telhado

Por intermédio do seu compadre Belmiro, Felizardo conseguiu um bom emprego: cuidar de um gato de superestimação do patrão, um solteirão com alto cargo no Itamaraty, e da mãe dele, uma senhora idosa e doente. O patrão era um economista que estava sempre viajando para o exterior.

Em uma noite, em Paris, ele com os amigos degustando *escargots*, recebeu um telegrama. Julgando tratar-se de correspondência normal do Itamaraty, deixou pra abrir depois, no hotel. Mas o telegrama tratava, sumariamente, da morte do seu gato. O patrão sentiu um "trem" e teve de ser hospitalizado.

Quando voltou ao Brasil, deu a maior bronca no Felizardo:

— Como o senhor me manda um telegrama naquelas condições?! O senhor quase me matou também, sabia?!

Aí, Felizardo contou como foi que o gato do diplomata se acidentou e morreu. Disse que o bicho havia subido no telhado pra namorar uma gatinha, quando apareceu um gatão bem maior do que ele e deu-lhe uma tamanha surra, fazendo-o cair e meter a cabeça numa pedra. Só deu umas tremuras e morreu.

Dizem que gato tem sete fôlegos, mas, apesar de tantos fôlegos, o gato de estimação do economista acabou sucumbindo.

O patrão, compreendendo a simplicidade, a ingenuidade do seu empregado, orientou-o:

— O senhor deveria ter mandado um primeiro telegrama dizendo que o gato havia subido no telhado. Depois, um segundo, contando que o gato brigou e caiu do telhado. Aí, um terceiro, dizendo que o senhor levou-o ao veterinário... e, por último, um quarto telegrama explicando que, apesar de tudo, o gato veio a falecer. Entendeu?

— Entendi, sim senhor.

Passados uns meses, o economista estava no mesmo restaurante, em Paris, quando recebeu um telegrama do seu mordomo Felizardo, dizendo: "Sua mãe subiu no telhado...".

## Covardia cachorral

Certo dia, Felizardo estava na oficina do Viana, pra onde levara pra consertar uma espingarda que vinha lencando[3] fogo e também o seu cachorrinho de estimação, o Bolinha, um vira-lata dos mais magrelos. Enquanto Felizardo estava entretido mostrando o defeito da arma ao armeiro, Bolinha foi dar uma volta e acabou xeretando na farmácia do João, um homem que gostava de fazer brincadeiras, das que só ele mesmo era capaz.

Felizardo, dando falta do cachorro, saiu procurando, assoviando, que era o modo de ele chamar o Bolinha. Aí, apareceu o Mixirica, um turquinho mais gozador ainda do que o farmacêutico, e perguntou:

— O senhor está chamando é o seu cachorro?

— É sim, não viu ele não?

— Vi, sim. Ele tava deitado lá na esquina.

— Deitado? Com essa carraiada passando pra lá e pra cá?

[3] Lencar é o ato ou efeito de, por algum motivo ou defeito, a arma de fogo não atirar.

— O caso é que o João farmacêutico aplicou uma injeção de dez centímetros de gasolina na veia dele. Foi só soltar e o bicho saiu na disparada, mas chegou na esquina e deitou.

— Morreu?! O meu cachorro morreu?!

— Não. Ele parou porque acabou a gasolina!

Felizardo não gostou do pega e fez a advertência:

— Olha aqui, seu moço, se a minha espingarda não tivesse consertando, eu te dava era um tiro, que eu sou da roça, mas não sou bobo não, viu?!

## Parar de beber mais

Com tantas viagens e visitas à casa do compadre Belmiro, Felizardo, que se afeiçoou ao chope e à cerveja, tomando sempre uma guia, que era uma dose de cachaça da boa, foi virando alcoólatra. Começou aí o problema familiar. Que chefe de família cachaceiro é a pior coisa que pode acontecer. A esposa, Malvina, pegou no pé dele e pediu a interferência do compadre da cidade, alegando que ele era o culpado pelas carraspanas do marido. E Felizardo continuou bebendo, a bebida atrapalhando até o emprego, que perdera, e a miséria invadindo o já tão pobre lar. Até o padre que celebrava as missas mensais no povoado ficou incumbido, com tanto choro e lágrimas da Malvina, de aconselhar Felizardo a não beber mais, o qual garantiu, jurando para o padre, na presença da esposa e dos filhos, que nunca iria beber mais. Mas continuou do mesmo jeito. Então, o padre deu-lhe uma esculachada, dizendo que nem Deus, nem Jesus Cristo, nem a Virgem Maria aceitavam um chefe de família tão irresponsável como ele, bebendo daquele tanto. E falou-lhe seriamente:

— O senhor, seu Felizardo, não tem palavra?

— Tenho sim senhor, seu padre.

— Mas o senhor não garantiu, não jurou perante os santos aqui dentro da igreja que o senhor não iria beber mais?

— Prometi e tô cumprindo o trato, seu vigário!

— Cumprindo o trato como, se a sua esposa, dona Malvina, afirma o contrário, que o senhor não parou de beber?

— Eu prometi e não tô bebendo mais. Tô bebendo só do mesmo tanto que sempre bebi. Mais, não! De jeito nenhum.

## Futebol no céu

Felizardo e o seu bom compadre Belmiro eram loucos, fascinados por futebol. Participavam de peladas, assistiam aos jogos das várzeas, dos campinhos das periferias e, principalmente, aos jogos do Vila Nova, no Estádio Serra Dourada, além de ouvir os comentários na televisão e no rádio. Vai daí, um dia, um perguntou pro outro:

— Compadre, será que no céu tem futebol?

— Uai, deve ter, porque no céu só tem coisas boas. E tem coisa melhor do que futebol, compadre?

— Tem não.

— Compadre, vamos fazer um trato?

— Que trato?

— De quando um de nós morrer, voltar pra falar pro outro se no céu tem ou não tem futebol.

— Isso não é perigoso, não?

— Perigoso por quê? A gente já morreu mesmo, e lá um compadre vai ter medo do outro só porque morreu?

— Compadre Belmiro, eu morro de medo de morrer e também morro de medo de assombração e de alma do outro mundo!

— Mas o senhor vai ter medo de mim, do seu compadre, se caso, Deus livre e guarde, eu morrer primeiro do que o senhor?!

— Tá bom, tá tratado...

Vai daí, selaram a proposta, o trato. Passados uns anos, Belmiro morreu e apareceu, numa noite bem escura, ao Felizardo:

— Compadre, aqui eu!

— Uai, compadre, o senhor não morreu?

— Morri, e de acordo com o nosso trato, tô aqui pra te trazer duas notícias, uma boa e a outra ruim:

— Então fala a boa primeiro, ora.

— É que lá no céu tem futebol e dos bons mesmo!

— E a outra, compadre, a ruim?

— A ruim é que o senhor tá escalado pra jogar lá no céu no próximo domingo!

## Criação de porcos

Felizardo, quando veio de mudança pra cidade, vendeu o que pôde de criações, galinhas, uns cabritos e alguns porcos, mas não deu conta de vender tudo e colocou uns porcos-piau num chiqueirinho improvisado no fundo do quintal.

Chegou o fiscal da Prefeitura e, achando que Felizardo, por ser roceiro, era bobo, bocó, falou:

— O senhor está criando porcos aqui na cidade, aí no quintal, não é mesmo?

— É uma meia dúzia de leitão qu'eu trouxe pra cá, não dei conta de vender lá na roça.

— Leitão? Já são porcos quase erados. Qual é a alimentação que o senhor dá pra eles?

— Uai, eu dou lavagem, que comida de porco é lavagem...

— Lavagem?! O senhor é muito desumano! Então o senhor come do bom e do melhor e dá lavagem, os restos, para os seus porcos? Deixa a Associação dos Animais vir cá pro senhor ver só o tamanho da multa que vai levar! Mas eu posso dar um jeito. Vou lavrar uma multinha bem levezinha aqui, pro senhor pagar na hora, e fica tudo bem.

— Sim, senhor.

No outro dia chegou um outro fiscal da Prefeitura, a mando do colega:

— Bom dia, seu moço!

— Bom dia.

— O senhor está criando uns porquinhos aí no fundo do quintal, não está?

— É uns marrãozinhos que *chegou* pequetitos, e com a boa alimentação que eu dou pra eles, ficaram já taludinhos, de meia-engorda, quase chegados.

— E o que é que o senhor dá para os seus porcos comerem?

— Uai, da mesma comida da gente. Encho o cocho deles até primeiro de nós aqui da casa tirar das panelas...

— Isso é um absurdo! O senhor é um desperdiçador! Do jeito que o Presidente da República está querendo levar a fome a zero neste país, o senhor está dando comida de mesa pra porco?! Tá multado!

— ?!

Não demorou três dias e olha outro fiscal lá:

— Tá criando porcos aí no quintal, não é?

Felizardo ficou cabreiro e preparou-se para a defesa, que o dinheiro não estava aguentando a malandragem dos fiscais.

— É, tô com uns porquinhos poucos aí, mas vou dispor deles logo, logo.

— Muito bem. Me diga aqui, meu senhor.

— Sim, senhor.

— Como é o tratamento dos seus porcos? Como é que eles se alimentam?

— Ói, agora todo dia de tarde eu dou cinco reais pra cada um deles e mando eles *comer* onde quiserem!

## O suicídio

Felizardo já estava se acostumando com a malandragem da cidade e encontrou um modo bom de comer e beber coisas boas: os velórios. Era saber que havia morrido alguém, que lá ia ele abeirando, chegando devagar, cumprimentando na boa educação de roceiro, e sempre com aquela pergunta-chave dos velórios: "Morreu de quê?". Acomodava-se e ia participando das bandejadas de biscoitos, de pão de queijo, broas, bolos, café e, mais pela madrugada, uns golinhos de cachaça, que era pra espantar o frio.

Em um desses velórios, a viúva, inconformada, recebia as pessoas que iam chegando e confortando-a com os chavões "Deus levou", "Deus é bom pai", "Está nas mãos de Deus", "Foi melhor assim, que descansou", "Deus sabe o que faz"...

Aí, Felizardo também quis participar da consolação, e perguntou:

— Morreu de quê, dona? De morte morrida?

— Suicidou... — disse, em prantos.

— Foi de tiro?

— Não, foi veneno...

— Formicida Tuta?

— Não senhor, foi Danfura...

— Danfura? Muito bom, também!

## A viúva

Morreu um operário, colega do Felizardo, e o feitor estava procurando uma pessoa de muito jeito para avisar a recém-viúva. Felizardo ofereceu-se, alegando que tinha muito jeito pra tais situações. Colocaram o defunto na carroceria de um caminhão basculante e lá foram, o cadáver e o homem ajeitado pra dar más notícias.

Parou e bateu na porta. A mulher atendeu:

— É aqui que mora a viúva do seu Eugênio?

— A viúva, não! A esposa dele, que sou eu e eu não sou viúva!

— Não é viúva não, hein?! Então vem aqui e olha na carroceria do caminhão!

# Definição de casamento

Em uma roda, onde também se encontrava Felizardo, o assunto era casamento. Dependendo da cultura de cada um, vinha a definição, o modo de entender o casamento, sempre com gozações, uns até dizendo que, "se casamento fosse bom, não teria testemunhas".

Quando chegou a vez de Felizardo, definiu muito bem à moda dele, roceiro que era, entendido em porcos e cigarros de palha, que se faz com fumo-de-corda, de rolo:

— Não *é* só eu que falo, não! Tem muita gente que fala que casamento tem de dois jeitos. Um é que casamento é como rolo de fumo: a primeira volta a gente pita e acha bom. Da segunda em diante a gente pita pra não perder.

— E qual é o outro jeito?

— Casamento é como chiqueiro de porco: os que tão de dentro tão doidos pra sair e os que tão de fora, doidos pra entrar. Tantos os de dentro como os de fora ficam numa fucinhança danada procurando uma brecha para entrar ou pra sair.

Nelson Santos/Agepal

Presto, com este *Ingênuo? Nem tanto...* uma homenagem ao homem do campo, o roceiro que nos alimenta na cidade e é tão ridicularizado, principalmente nas festas juninas, nas quadrilhas, travestido de palhaço, pondo-se como bobo. Mas bobo é quem pensa que o roceiro é bobo.

Sou palestrante em escolas, procuro despertar nos alunos o hábito da leitura. Sei que o adolescente é meio "preguiçoso" e foge dos textos longos. Então, como fiz com *O homem que não teimava*, escrevi historinhas engraçadas, interessantes e educativas. O estudante lê rapidinho, grava e conta, sempre a seu modo, acrescentando até alguma coisa, porque "quem conta um conto aumenta um ponto", e é aí que surge o efeito: o leitor passa a recriar e até a criar e... está aberto o caminho para um novo escritor.

A motivação das historinhas foi baseada na máxima: "as aparências enganam", porque "quem vê cara não vê coração" e "de onde não se espera é que sai" . E assim seguem os pequenos "causos" e algumas anedotas alongadas com o protagonista Felizardo, que, ingênuo, nem tanto, se salva e passa muita gente boa para trás. Diz que todo roceiro, como ele, pode vestir o melhor terno, calçar o melhor sapato e colocar o melhor chapéu, mas, ao dar o primeiro passo, todo mundo vê que é roceiro. Agora, vai mexer com um deles pra ver! É tiro pela culatra.

Quando o homem do campo, ruralista, é misturado, quer dizer, tem vivência de campo e de cidade, fica vivo e chega a dar nó em goteira e ainda esconder as pontas!

A minha preocupação com a criatividade dos jovens estudantes chegou a tanto que escrevi um livro, *Cartilha do pré-escritor*, com o subtítulo "Você gostaria de escrever um livro?". Todos que gostam de ler, têm o hábito da leitura, pretendem, também, escrever. E somente escreve quem lê. Já publiquei *Cartilha do Folclore Brasileiro* (Prêmio João Ribeiro da Academia Brasileira de Letras), que vem colaborando com o aprendizado do folclore nas escolas. Agora, com esta do pré-escritor, espero incentivar novos escritores.

*Maktub.*

Bariani Ortêncio

## Sobre o ilustrador

Sou formado em Publicidade pela Fundação Armando Álvares Penteado (Faap).

Trabalhei em algumas agências de publicidade como ilustrador e hoje prefiro trabalhar como ilustrador *freelance* de diversos tipos de publicação.

O trabalho para *Ingênuo? Nem tanto...* foi bastante prazeroso, pois os "causos" são contados de maneira ágil e com muito humor, num texto espontâneo, como uma boa gargalhada...

Um grande abraço a todos.

Filipe Rocha